Moto jashin tte honto desuka!?

元邪神って本当ですか!?

万能ギルド職員の業務日誌

[Author]
紫南
shinan

[Illustration]
riritto

ナチ
辺境伯の元で暮らす
エルフのメイド。
邪神と何やら関係が
あるらしく……？
コウヤ
辺境ユースールの
冒険者ギルドで働く、
邪神の前世を持つ少年。
今の仕事が大好き。
パックン
何でも収集する
ミミック。
神様時代のコウヤの
眷属で、偶然
再会する。
登場人物紹介

神界での
コウヤの家族
リクトルス
戦いと死を
司る神。
ゼストラーク
創造と技巧を
司る神。
エリスリリア
愛と再生を
司る女神。
グラム
『おいちゃん』を
自称する冒険者。
ソロでAランクにまで
上り詰めた。
タリス
ユースールに現れた
伝説の冒険者。
コウヤの良き
後ろ盾となる。

特筆《とくひつ》事項① 査察《ささつ》が入りました。

「あぁぁぁ～……終わったぁぁぁっ!!」

見渡す限り、そこは緑の草原。足首までも到達しない、短く柔らかい葉をつけた草が、地面を覆《おお》っていた。そこに大の字になって転がれば、そよそよと吹き抜けていく風が心地よく体を撫でていく。

少年はしばらく目を閉じ、それを感じていたが、風に混じって届く臭いに顔をしかめた。

「……鉄くさ……」

錆《さ》びた鉄の臭い。それも仕方がない。寝転がる場所から百メートル先には、ライオンの体に蛇の尻尾、大きな猛禽類《もうきんるい》の翼を持った異様な生き物が、腹や喉を引き裂かれて死んでいるのだから。

「フッ、とっ」

勢い良く腹筋を使って体を起こし、そのまま立ち上がると、臭うそれらを遠目で確認する。

それから、腰の小さなポーチに手を入れ、スマートフォンに似た形と薄さのカードを取り出した。

指紋《しもん》認証のように、端にある丸い印を摘まみ、魔力をほんの少量流せば、名前や年齢、種族、職業、レベルなどの情報が表示される。

名前……コウヤ
年齢……12
種族……人族《ひとぞく》？
レベル……30？
職業……ギルド職員？
魔力属性……火？、風？、水？、聖？、？？？
スキル・称号……エリスリリア神《しん》の加護《かご》、？？？、？？？、隠蔽《いんぺい》

ハテナ表記がとにかく多い。それは気にせず、少年——コウヤは、今度は丸の印から少し外れた箇所に少量の魔力を流す。すると『討伐《とうばつ》記録』が表示されるのだ。一番上にあるのが、たった今倒したものの記録。

「【Aランク上位種。キメラ】……間違いないね」

ほっとしながらも、次いで溜め息が漏れる。本来ならば、ギルド職員であるコウヤが倒すべきものではない。

「はあ……やっちゃった……」

こんなものは戦闘職バリバリの冒険者が出張る案件だ。間違っても、今年十二歳になった少年が相手にするものではない。

「戦うの好きじゃないし、みんなが心配するからギルド職員になったのに……」

コウヤは、こんな凶暴な魔獣を糧《かて》にして生きていくような、不安定で、命の保証のない冒険者の生き方は向かないからと、あえて冒険者ギルドの職員になったのだ。それなのに、何故こんな所で一人で戦うことになっているのかと思い出す。

「えっと、確かこのキメラの討伐依頼を受けた人達が何度も失敗して、毎日、毎日、治癒《ちゆ》魔法使いってことで駆り出されて……あ、そうだ。俺がキレたんだ。もういい加減にしろって思ったもんね。うん。あれはしょうがない」

朝も夜も関係なく受付から引っ張り出され、叩き起こされ、食事の時間も削られた。

それなのに、ギルド職員だからと特にお礼も報酬《ほうしゅう》もなし。マスターもできるならやるのがギルド職員だと言ってふんぞり返っているだけ。納得できない。お手当てくらい出して然《しか》るべきだと流石《さすが》に頭に来たのが今朝。

怪我《けが》や体の不調を治療《ちりょう》できる治癒魔法使いは大変貴重だ。

高い魔力と、繊細《せんさい》な魔力コントロールができないと実現しない。それ以前に、特別な神の加護がなければ発現しない魔法だった。

治癒魔法使いの多くは、教会で働いている。そして、お布施《ふせ》としてかなり高額のお礼をもらって患者を治療するのだ。ただし、そんな治癒魔法使いも、どうやら年々発現率が下がっているらしく、お陰で更に治療費は高額化しているという。

「エリィ姉《ねえ》、金額を見て治療する人達が嫌いだって言って怒ってたし、別にお金が欲しいわけじゃないんだけど……ってことだから誤解しないでね？」

《分かってるわよ。バカね》

目を閉じて話しかけるようにすれば、頭の中に返事があった。それに笑みを浮かべて目を開けると、景色が変わる。肌に感じていた風も消えた。そこは広い洋館の一室だった。

「あ、久しぶり」

「久しぶりね。っていうか、教会に来ればいつでも会えるって言ったのに、コウヤちゃん全然来ないんだものっ」

目の前で腰に手を当ててプリプリと怒るのは、小柄《こがら》で可愛らしい女神。愛と再生を司《つかさど》る神、エリスリリア。コウヤが『エリィ姉』と呼んだ相手だ。

金色の腰まで伸びた髪をゆるく三つ編みにして、淡《あわ》いピンクのドレスを着ている。表情によっては十五、六歳くらいにも見えるお人形さんのような女神様。時々口煩《くちうるさ》くはなるが、優しいお姉さんだ。

そんな彼女に勧められて部屋の中央にあるテーブルにつく。そこには、上品なティーセットが用意されていた。

「だって、今教会に行ったら捕まるでしょ？」

「はっ、そうね」

治癒魔法が使えることは、既に町中に知られている。そんなコウヤが行けば、教会に所属しろだのなんだのと神官《しんかん》達が迫ってくるだろう。

「そうなったらどうなると思う？」

下手をすれば監禁《かんきん》だ。最近の教会はキナ臭い。治癒魔法の使い手が少なくなっているということは、それだけ神の加護《かご》が少なくなっているということ。彼らにとっては由々《ゆゆ》しき事態だ。

「消えちゃうわね」

「うん。消しちゃうね、教会。俺、今キレやすいみたいだし」

「それ、職場のストレスだと思うの」

「やっぱり？」

ちょっとそうかなと思っていたコウヤだ。

「あれをブラック企業って言うんじゃないかなって、自分でも最近気付いた。生活の安全と安定のために目を瞑《つむ》ってきたけど、そろそろ限界かも」

いくらなんでもあれはない。

「最近、休みがないんだよ。最初の頃は週に二回のお休みあったし、契約でもそうあったんだけど、職員足りないからって休み消えたよ？　どこ行ったの、週休二日制。しかも勤務時間の半分が時間外労働じゃない？　クビになるのイヤだから黙ってるけどね！」

今気付いた。健康にも気を使っている身としては、大変不安だ。けど、せっかく就《つ》いた職は失いたくない。すごい葛藤《かっとう》。だから、仮に法律がしっかりしていたとしても過労死はなくならないのだ。

「休みがないと余裕がない。そうするとどうしてもイライラしちゃうんだよねっ。でも、働けるって素晴らしいって思っちゃった自分がいる！」

「うん。コウヤちゃんはこっちに戻って来てもポジティブだったもんね。まぁ、人生の半分以上もベッドの上での生活だったんだから、そう思うのも仕方ないんだけどね」

「そう。自分で稼《かせ》げるって素晴らしい！」

コウヤは生まれる前の生の記憶を持っている。

この世界に来る前、前世ではずっと病院のベッドの上で過ごしていた。思うように動かない体は細くて、看護師《かんごし》さん達を見て働くということに憧れたものだ。

「でもね。いくら動けるようになったからって、今回のあれはないと思うの」

「今回？　何かあったっけ？」

首を捻《ひね》って思い返してみる。

今日は早朝、まだ日が昇らない時分に叩き起こされた。前日の深夜過ぎまで書類整理に没頭していたので、眠ったのはほんの二時間ほどだろう。大体、書類に間違いが多過ぎる。細かな表記もそうだが、今月に入ってまだ一週間なのに経費と予算の採算《さいさん》が既に合わないし、どこから持ってきたのか分からないお金の記録とか、逆にどっかに消えるお金とか、謎だらけだった。半分も終わらなくて、ふて寝したのが昨晩だ。

そして、起こされてから、今回のキメラを相手に怪我をしたという冒険者達の治療。瀕死《ひんし》の人も多かったが、中には『絶対これは酒に酔って喧嘩《けんか》で出来た怪我だろう』というのが交ざっていたし、眠かったのと面倒になったので、広範囲の治癒魔法【エリアハイヒール】をお見舞いした。古傷や慢性疾患《まんせいしっかん》までは治らないので、大騒ぎにはならないはずだ。

「町全部を覆《おお》うエリアハイヒールはやり過ぎたかも？」

「うん。あれもそうだね」

あれもということは、違うらしい。ならばその後、キレたやつだろうかと目を瞬かせる。

「あれができるならもっと早くやれって言われてキレたやつ？　冒険者全員転がしたの、ダメだったよね。ギルド職員として」

「うん。それもちょっとダメだね。けどそれじゃないんだよ？」

これでもないならなんなのか。あとはあのキメラを倒したことしかない。

「俺にはやっぱりあれの相手は難しかったよね。倒せたのが奇跡！」

これには、コウヤの答えを聞きながら部屋に入って来た者が答える。

「うん、そうだね～。奇跡だよね～」

知的なメガネ男子。彼は戦いと死の神、リクトルスだ。物騒《ぶっそう》なものを司っているけれど、全くそんな感じはない。見た目以上に理性的で穏やかな神様だ。第一印象は優しい保育士さん。いつも頭を撫でてくれる彼を、コウヤは兄として慕《した》っている。

「あ、リクト兄《にい》、こんにちは？」

「はい、こんにちは～……じゃないからね⁉」

何やら怒っていらっしゃる。でも、きっと理不尽《りふじん》なやつではない。また心配をかけたのかもしれない。このお兄さんはちょっと過保護なところがある。そして、その答えがこれだった。

「だって武器がペーパーナイフってなに⁉　あれじゃ普通切れないよ⁉　何を切るものか分かってるよね⁉」

「紙でしょ？　ペーパーって言うし」

「そうだね。正解！　なのになんでキメラ切ってるの⁉」

よしよしと頭を撫でられた後に、ガシッと頭を片手で鷲掴《わしづか》みにされたコウヤ。反省しなくてはならないらしい。

「あ、だから切りにくかったんだ。魔力で覆って一生懸命切れるようにしたもん。それに妙に短かったし、細くって困った」

「もっと早く気付こう？　怪我したらどうするのかな？」

「ごめんなさい」

兄の目が怖くなってきたので、しっかり、はっきり謝っておいた。

そこへ、今度は威厳《いげん》のあるお父様、創造と技巧《ぎこう》の神、ゼストラークが登場する。

「まったく……あれほど剣の打ち方もしっかり教えただろうに……」

「だって、ゼストパパの直弟子《じきでし》ってスキルすごいんだよ？　下で打ったら一発で、魔剣も聖剣も、神刀《しんとう》も妖刀もおまけに降魔剣《こうまけん》まで作れちゃったもん」

しっかり気合いを入れて炉《ろ》から自作したのがいけなかったのかもしれない。そういえば、その時に作った炉は、壊すのがもったいないからと結界を張って、人気《ひとけ》のない森の中に放置してあるなと思い出すコウヤだ。

「……その剣は、どこにやった……」

それを使えば良かったのではないかとゼストラークが尋ねる。しかし、コウヤは当然のように、そんな選択肢は頭になかったと首を傾げてみせる。

「怖くなって亜空間に放り込んだ。どっかいい感じのダンジョンとかの最下層に封印しようかと思って。変なとこに棄《す》てたらダメなやつでしょ？」

「産業廃棄物みたいに言わないように……」

作ったのは良いけれど、棄てる場所に困るってあるよねと何度も頷く。そこで、リクトルスが肩を掴んで迫ってきた。

「待って、そんな剣が作れたってことは、炉も作ったんだよね？　【神匠炉《しんしょうろ》】はどうしたんだい？」

やっぱり気付くかと、コウヤは嬉しそうに笑顔で答えた。

「それね。今、俺思い出そうとしてるからちょっと待って」

「覚えてない⁉」

流石はキレ者でしっかり者のリクトルスだ。誤魔化《ごまか》しは通用しない。実は、コウヤは先ほどから正確な場所を思い出そうとしていたものの、まとまらない思考に困っていた。けれど最悪なことにはなっていない、と勝手に安心している。

「大丈夫！　ちゃんと結界張って不可視《ふかし》の魔法もかけてあるよ！」

「それは大丈夫じゃない！　エリス、捜索《そうさく》！」

「任せて！」

なんだか慌ただしい。一緒になってバタバタしては邪魔になるからと、コウヤは呑気にお茶を啜《すす》った。

「あ、これ美味《おい》しい」

「……コウヤ、反省は？」

ゼストラークが呆れながら対面の席に座って、そう促す。

コウヤは目を瞬かせてから口にした。

「えっと……炉の場所忘れちゃってごめんなさい。それと、ちゃんと剣で戦わなかったのも反省します」

「ああ……」

真っ直ぐにゼストラークを見て告げれば、彼は小さく頷いた。ただ、まだ少し納得していない様子。眉間《みけん》の皺《しわ》は既に刻まれたものだが、普段より二本多い。ならば、今後このようなことがないようにしますと、もっとしっかり示さなくてはと気合いを入れた。

「今度からは、炉ごと亜空間に片付けるね」

「……ん？」

ゼストラークの表情が固まった。しかし、それは気にせずにコウヤは思考に沈む。炉はただの物ではないので、どう片付けるか考える必要が少しあるが、できなくはないだろう。将来的には家丸ごと持っていけるかもしれない。これは一考《いっこう》の価値ありだ。

うんうんと頷いて続けた。

「あと、しまってた剣を使えば良かった。使わないのもったいないもん。あれならどれでも一太刀《たち》だったよね。試し斬りくらいしないと、作った剣に申し訳ないし？」

「ん？　うん？　待ちなさい。今回の反省は、一人でキメラに挑んだことだ。それと、その剣や刀はあまり使わないように。幾分か力を抜いて打ったのを使いなさい」

「はい！」

「本当は良くないがコウヤなら……なまくらを打つ感覚でいい加減に打つんだぞ」

「片手間ってやつだね。やってみる！」

刀匠《とうしょう》や鍛冶師《かじし》達に失礼だが、そうでなくては伝説級の代物がポンポン出来上がってしまう。これは量産してはならないものだ。

そこで、神匠炉の検索をかけていたエリスリリアが声を上げる。

「見つけたっ！　場所と……地図これね。とりあえず、不干渉の結界も張っておいたわ。なるべく早く処理してちょうだいね」

「分かった。あれ、結構近かったね」

エリスリリアから渡された地図を確認すると、コウヤが現在住んでいる町から徒歩で二十分圏内《けんない》だ。とはいえ、それはコウヤの徒歩でという注釈《ちゅうしゃく》が付くため、一般的には歩いて一時間と少しかかる。

コウヤの張った不可視の結界があったとしても、そこに何かあることは分かるので、いくら人気《ひとけ》がなくとも、そのまま放置しておけば、異変ありと領から調査隊が派遣《はけん》されてしまうところだった。

「戻ったらキメラを回収して、道すがらどうするか考える。今回のことで、やっぱり使える剣の一本くらい打っておくべきだって思ったし、三日ぐらいでどうにかするね」

ひょいっと椅子から飛び降り、コウヤは三人に顔を向ける。

「それじゃぁ、エリィ姉、リクト兄、ゼストパパ、またね」

ここは神界《しんかい》、長居《ながい》はできない。

「ええ。寂しくなったら、いつでも会いに来なさいよ？」

「一人でなんでもやろうと思わないように」

「あまり無茶をしてはだめだぞ」

「は～い」

その返事を合図にするように、コウヤは次の瞬間、キメラが転がる草原に戻っていた。

「さてと、まずは何しようかな？」

意識だけ神界に連れて行かれていたため、姿勢はそのままだ。何気なく持っていたギルドカードには、またコウヤのステータスが表示されていた。

ハテナ表記は、カードが正確に読み取れていないものだ。提示義務が生《しょう》じるのは町の出入りの時と、ギルド内。だが、ステータスは最低限、名前と年齢、種族、職業が確認できればいい。非表示設定ができるので、ハテナも消すことが可能だ。

ギルド職員になったことで、怪しいと思われる情報を非表示にできる仕掛けを知った。故意に偽《いつわ》ることはできないが、見せないようにすることはできる。お陰で色々助かっていた。コウヤは自分のことを、なるべくしてギルド職員になったのだと思っている。

しばらくするとその表示は消えた。光沢《こうたく》のあるカードは、鏡のように自分の顔も映し出す。幼く見えるその顔は、前世のものと同じではあるが、転生する数年前の幼い姿。

そして、肩口まで伸びた髪は少し紫がかった銀。瞳の色も薄いアメジスト色に変わっており、それが病弱であった頃の名残《なごり》のようにひ弱に見せていた。

「【ステータス】」

そう口にすれば、目の前に立体映像のようなパネルが出現する。これは、当人にしか見ることができない。表示されているのは、カードの情報より詳しく、世界が保有している正しい個人情報。

名前……コウヤ
年齢……12
種族……神族《しんぞく》（未）
レベル……370
職業……聖魔神《せいましん》（半邪神《じゃしん》）、ギルド職員（仮）
魔力属性……火10、風10、水10、土10、光10、闇10、聖10、邪10、空10、無10
スキル・称号……ゼストラーク神の加護、エリスリリア神の加護、リクトルス神の加護、技巧士、治癒士、武闘士、魔工士、神匠の直弟子、自己再生、武器絶対相性、隠蔽（極《きわみ》）、世界管理者権限（中）、神々の愛し子《いとしご》、可愛い末っ子、聖魔《せいま》を合わせ持つ者、邪神《じゃしん》の生まれ変わり、無限の可能性を秘めし者

「あ、レベル上がった。キリがいいね」

色々とあり得ない内容には目を向けない。一つ手を振ってそれを消すと何事もなかったように、地面に落ちていた汚れたペーパーナイフを拾い上げる。そして、取り出した布で汚れを拭き取った。

「これはもう使えないかな？」

脂《あぶら》や血が染み込んでしまったペーパーナイフは、もう紙も切れないかもしれないなどと、どうでもいいことを考えながら、改めてキメラの遺骸《いがい》に向き合った。

コウヤは、前世では病弱な日本人の男の子として生きていた。ただし病弱だった原因は、その更に前の生による問題だ。

こちらの世界で神として生まれたコウヤは、魔法と聖魔を司っていた。聖魔とは、分かりやすくいえば、善悪のことだ。世界の倫理観《りんりかん》や秩序《ちつじょ》とも言えるかもしれない。

それを定め、人々に理解させていくのがコウヤの仕事だった。まだ新たに派生したばかりの世界であったため、これは重要なことだった。これらのバランスを整えなくては生と死の価値さえ分からなくなる。

コウヤは度々人界《たびたびじんかい》に降り、世界に秩序をもたらしていった。だが、はみ出してしまう者はいる。その辺りの境界の設定は難しいものだ。

そして、未だ調整が必要な段階で、増え過ぎた人族達は、与《あた》えられた秩序の枠を窮屈《きゅうくつ》だと感じ始めた。やがて、徒党《ととう》を組み、コウヤを悪《あ》しき神だと認識していったのだ。

多くの人々の悪意がコウヤを苦しめ、狂気に落としてしまった。その結果邪神と呼ばれ、全ての人々がコウヤを倒そうと立ち向かって来た。これによってコウヤは倒れ、ゼストラーク達の怒りに触れた人々は、その数を半分にまで減らされたという。

とはいえ、邪神という共通の敵が出来たお陰で、世界の秩序がこの時、安定したのも確かだった。

「元邪神って言われても、やっぱりまだはっきりと思い出せないな」

かつての記憶はとても曖昧《あいまい》だが、この世界に転生してから、ゼストラーク達のことを家族のように感じている。魂が覚えているのだ。

「魂の傷が癒《い》えるまで世界をゆっくり見聞《けんぶん》しろって言われても、難しいんだよね～」

今、コウヤは完全な神族ではない。ステータスで表示される【未】は『未成熟』という意味。これによって、時折神界に行くことはできるが、ずっと滞在することができない。存在が安定していないからだ。

まずは弱ってしまった魂を回復させ、力を取り戻す必要があった。それでも、ゆっくりとだが、記憶は戻ってきている気がしている。

「実戦とか、まだ不安だし」

中途半端《はんぱ》に思い出しかけている、神であった頃の記憶は、その頃の力と今の力の差を感じさせ、上手く調整できないのだ。

コウヤは決して自分が強いとは思っていない。もちろん実際は、冒険者達では敵わない相手を倒せるほどの隔絶《かくぜつ》した力を持っている。だが、コウヤの中には、前世の多くをベッドの上で過ごした感覚が未だに根強く残っており、自身ができることは他人もできると思い込んでいた。その上、神であった頃に容易《たやす》くできていた記憶が混在しているのだ。

結果、日々戦いに身を置く冒険者になら、これくらいは問題なくできるだろうという勝手な思い込みが生まれた。これにより、『冒険者はすごい』『冒険者達は自分よりも強い』と思い込んでいるのだ。

そんなコウヤが今回、こうして出てきてしまったのは、単にキレた勢いだけだった。

それはともあれ、ゼストラーク達としては、コウヤが世界を見て回ることで、少しでもこの世界を好きになって欲しいと願っている。コウヤが冒険者になって旅することも推奨《すいしょう》しているのだが、ギルド職員としての仕事が好きなコウヤには、冒険者になることは頭にない。

彼は、倒したキメラに改めて目を向ける。

「人って案外、やればできるもんだなぁ」

人じゃなくて神だけど、勢いってすごいと思うコウヤだ。目の前で死んでいるキメラは、倒せる力があるとしても、普段のコウヤなら全《まった》く相手にしようなんて考えない相手なのだから。

「さてと、キメラは食べられる所がないけど、素材としては使えるね。とりあえず血抜きしよ」

魔獣や魔物の『素材として使える部分』というのは、ギルド職員ならば一通り知っているべきことだ。仕事に誇りを持っているコウヤは、それらの知識も豊富だった。

コウヤが手を広げて前に突き出すと、空中に光で魔法陣が描かれた。キメラの血の出ている首元と腹にも、同じ紋様《もんよう》の魔法陣が出現する。すると、そこから血が吸い出され、目の前の魔法陣の前に玉となって集まってくる。

「血も薬に使えるし、冷凍《れいとう》保存」

ある程度の大きさのキューブにして凍らせ、固めたら、それを亜空間へ収納する。亜空間とは、この次元とはズレた空間のこと。特別に魔法で作り上げた小さな世界だ。ただし、生き物が生きられる環境ではなく、無生物を保管するための倉庫のようなものだった。

一般的な魔法師《まほうし》では、これはできない。魔法を極め、理解し、更にはそれに見合った多大な魔力を扱えなくては発現することのできない特別な魔法だった。

「あとは……ん？」

一瞬、キメラの遺骸を見て違和感を覚えて、動きを止める。

「なんだろう？　まぁ、いいか。後の作業は暇になったらやろう。このまま収納！」

何か気になったが、あまりゆっくりもしていられないと思い出す。亜空間に入れておけば、状態は永久に保たれる。臭いも漏れないし便利だ。

キメラの血で汚れた地を、他の魔獣が寄ってこないように魔法で浄化し、なかったものとする。

そして、町に戻るべく歩き出した。

「あ～、お腹空いた。朝ごはんまだだったっけ」

まさに、コウヤにとってキメラ退治は朝飯前となっていたのだ。

◆◆◆

町に着いたのはそれから十分後。

空腹を感じてから、コウヤとしてはのんびりな速さで移動した。

キメラのいた場所は、町から直線距離で五キロほど離れているので、それだけで異常さが分かる。

コウヤの徒歩とは、飛んで跳ねて進むこと。本人としてはスキップだと認識していた。

だが、スキップでは通常一メートルも跳ばないし、平坦な地面ではなく、主に木の枝から枝に飛び移るので、普通ではない。意外と普通に走るよりも速いと思っている。

本人はいたって普通の散歩気分なのだが、町では浮かれた人と思われるわけにはいかないので、普段は気を付けていた。そのため、それが異常で、スキップではないことを指摘できる者は誰一人としていない。

「おはようございます。ご苦労様です」

町の外縁を守る、顔馴染《かおなじ》みの門番に元気良く挨拶《あいさつ》をする。

「ん？　ああ、コウヤか。そういえば、休憩中に出て行くのを見たって他のやつが言ってたな。また仕事を押し付けられたのか？」

コウヤがギルド職員の制服を着ていることもあり、彼は数度の顔合わせですぐに覚えてくれた気のいいお兄さんだ。因《ちな》みに二十代独身。

丁度コウヤがギルドで働き始めた頃にこの町の兵士になった人で、よく気にかけてくれる。町ですれ違うとお菓子をくれるなど、弟のように思ってくれているらしい。

コウヤが出て行く時は休憩中だったようで、違う人が眠そうに門に立っていた。彼は町であったエリアハイヒールの騒ぎや、その時ギルドにいた冒険者達を全員転がした騒動には気付いてはいないのだろう。

何より、ここは西門。特に人通りの少ない門だ。この先には特に強い魔獣や魔物の棲《す》む森があるだけの、未開の地の方角なのだから。

「今回は仕事じゃないよ。俺が自分でね」

「そうか？　コウヤはもうちょっと周りを頼るべきだぞ？　あんなギルド、早く辞めちまえよ」

この町の人々は冒険者ギルドに良いイメージを持っていない。普通に見ても、十二歳の子どもが一日中、休みもなく働いていればおかしいと思うのは当然だ。

「でも、お仕事なくなっちゃうし」

「いつも言ってるだろ？　お前は計算もできるし愛想《あいそ》も良いから、その辺の商家《しょうか》でもすぐに雇ってもらえるさ」

「そうかなあ……」

自分に何が向いているかなど、コウヤにはいまいち分からない。何より、文句を言いながらも続けているのはそれなりに理由がある。

「でも、ギルド職員ってカッコイイし、毎日の仕事は楽しいんだよ？」

「……コウヤがいいならいいが……」

釈然《しゃくぜん》としない表情を向けられながら、コウヤはカードを提示して町へと入った。

門番はコウヤの無邪気な様子のせいで、わざわざこの西門から出入りするという理由を特に気に留めなかった。

本来ならば、冒険者でもAランク以上のパーティしか向かわない森のある方向だ。その森から出てきたところを見ていなかったため、他の人通りの多い門を避けてこっちに来たんだなというくらいにしか思わなかったようだ。

時折、この辺りの外壁沿いに出来る薬草を摘みに来るので、それだと思ったのだろう。不審に思われなくて良かった、とコウヤは胸を撫で下ろす。

「やっぱり似合わないのかな？　最近、辞めろってよく言われるなあ」

制服も気に入っており、普通に仕事は楽しい。そうでなければ、時間外労働になっていることに気付かず、黙々と仕事をしたりはしない。確かに疲れや待遇の不満はあるが、仕事自体は好きなのだ。

実際、コウヤの仕事振りはすごい。同じ十二歳の子どもは当然だが、十年勤務した職員も脱帽《だつぼう》する働きぶりだ。ギルドマスターに褒められることがないので、自分ではすごいことだと認識していないだけだった。

計算は速いし、人の顔と名前は一度で覚える。一度読んだ文書はページ数まで覚えてしまうし、効率重視で、空き時間が出来ないほど、仕事の優先順位も正しく埋める。ただし、どうでもいいと判断したことはすぐに忘れるし、自分のことは二の次、三の次と後退していくので、それは問題だ。

この時、既に仕事のことが頭の大半を占めており、空腹のことなど忘れているのが良い例だった。

「ま、いいか。とりあえず、これで治療祭りは終了するし、昨日の書類整理の続きだ！」

気合いを入れて、辿り着いたギルドに入ると、全ての視線がコウヤへと集まった。

「あれぇ？」

その視線の種類は、いつもとは少々異質なものに感じられた。

「なんか、怖がられてる？」

一言で表すならば『不安』だろうか。

「コ、コウヤ……どこに……」

同僚《どうりょう》である青年の職員が、恐る恐るといった様子で話し掛けてきた。そこで、そういえばと思い出す。

「あ、ペーパーナイフ！　あのまま借りてっちゃったんだ。ごめんなさい。汚れて使い物にならなくなったから、俺のを使ってください」

コウヤが見事キメラを仕留めたペーパーナイフは、彼の物だった。といっても、ギルドの支給品だ。

早朝、いい加減治療のために呼び出されるのにうんざりしていたコウヤが、ある冒険者の傷を、明らかに喧嘩のものだろうと指摘したのが事のきっかけだった。『さっさと治せ』だの『ギルド職員なら俺らを優先して当然だ』などと言われ、面倒臭くなったコウヤは、ここで【エリアハイヒール】を使った。

そして、これで文句はないだろうと帰りかけたところで『こんなことができるなら最初からやれ』とか『これからはこうしないと、教会に売り飛ばすぞ』と迫られ、キレたのだ。

前世の見よう見まねで、いざという時のために練習していた柔道の技がここで咄嗟に出た。最初に綺麗に決まったのは巴《ともえ》投《な》げだ。

室内で魔法を使うと危ないし、剣なんて抜いたら他にも怪我人が出る。職員としての意識があったため、完全に肉弾戦だった。そうして、全員をもう一度怪我人にしたところで、元を絶とうと考えた。もうキメラを倒すことしか頭になかった。

そして、ここを出る時、辛うじて立ち上がった冒険者の一人が、咄嗟に机の上にあったペーパーナイフを投げつけてきたのだ。それをそのまま持って行ったというわけだ。やはり、日頃から使っているために、フィットして良かった。思わずそれを剣代わりに使ってしまうほどに。

ペーパーナイフの主である青年は、首を横に振る。

「そ、そうじゃなくて」

「ん？　暴れたけど、ちゃんと椅子とか机とか備品は壊してないはずですよ？　何か壊れてました？　それなら直しますよ？」

ギルド内にあるテーブルや椅子、壁などは、壊した者が弁償《べんしょう》することになっている。普段から冒険者達はよく喧嘩して色々壊すので、それらをギルドが対処していては予算が足りない。

これは冒険者ギルドのルールだ。踏み倒そうなんて考えてはいけない。その場合は、しっかりと取り立てている。そして、直せる物であれば直すのがコウヤの仕事の一つだった。

「いや。備品は大丈夫だ。その、怪我は……ないみたいだな。今、本部から査察が来ていて」

「査察？」

そんな予定があっただろうかと脳内検索をかける。しかし、そんな予定は聞いていない。普段から上からの業務連絡はないが、査察が入って困るのはギルドマスターや上層部だ。彼らの勝手な予定でないのは確かだった。

「あ、だから皆さん、静かにしてるんですね。良かった。暴れちゃったから、怖がられたのかと思いました」

「……」

ギルド職員が冒険者達に怯《おび》えられてしまっては、仕事がやり辛くなる。同僚達も怖がっているのではなく、その査察のせいで少し青い顔をしているのだと、コウヤは一人納得する。

「査察って、仕事しない方がいいんですかね？　でも、受付滞《とどこお》っちゃいますよね。そっか、だから皆さんもまだお仕事行けてないんですねっ」

「お、おう……」

この時間ならば、冒険者達が一番仕事を始めるのに集まってくる頃だ。だが、集まってはいても、一向に受付が進まないので、出発できないでいるのだろうと予想した。

「このままだと困りません？　なんとか、受付だけでも回さないと。やっちゃダメなんですか？」

業務を完全に停止しなくてはならない査察なのかと同僚へ尋ねる。すると、奥から一人の見知らぬ職員がやってきた。

「受付などの表の業務はしてもらって構いませんよ」

同じギルドの制服。だが、襟元《えりもと》を見れば、それがギルドでも上の立場にある者だと分かる。本部のチーフクラスの職員だ。

「あ、ではすぐに受付業務を開始しますね！」

笑顔で応えて、コウヤは受付の窓口の一つに座った。

受付の担当の席に座った彼は至っていつも通りだ。

「さぁ、どうぞ。今日はとっても良い天気ですよ。薬草採取にも、討伐にももってこいです！」

からりとした朝の空気の中を移動して来て、嫌なことは全て忘れてしまえたのだから保証する。

コウヤが笑顔を振り撒《ま》けば、どこか緊張した様子だった冒険者達の肩の力が抜けた。そして、いつものように依頼書片手に向かってくる。

「そ、そうだな。これを頼む」

「はい。これは追加報酬もありますので、多少多くなっても大丈夫ですよ。お気を付けて」

「おう、行ってくるぜ」

一人見送ると、次々に冒険者達がやって来る。冒険者達はコウヤが強いことを知っている。逆らってはいけないレベルだということも。

知っている理由は、分かりやすい。ギルドの備品を壊した際、修理代を踏み倒していく冒険者達へきっちり取り立てに行くのがコウヤだからだ。

あとは喧嘩の仲裁《ちゅうさい》や交渉《こうしょう》事の助《すけ》っ人《と》など、荒事《あらごと》も笑顔で解決するのだから見た目に騙されてはいけない。生死の判断を誤らない冒険者だからこそ、コウヤの実力を本能で理解しているのだ。

今回、コウヤがキレて投げ飛ばした冒険者達は、他から流れてきた素行《そこう》の悪い者達だったので、それを知らなかった。そんな彼らは実は今、ギルドの端と地下牢《ちかろう》で震えている。査察官の指示によるものだが、コウヤはそれを知らない。

「東の街道からこちらの町に向かう途中に盗賊《とうぞく》が出るそうなので、充分に気を付けてくださいね」

「マジか、他の道はないか？」

コウヤは日頃から多くの情報を収集している。その半分くらいはスキルの『世界管理者権限』によるもので、周囲約五十キロの情報がその場で収集できてしまう。

「急ぐんですか？　お兄さん達のパーティなら実力的にも問題ないと思うんですけど」

「別口で届け物があってな……」

コウヤは困惑《こんわく》する冒険者の顔を確認して、オリジナルで作成した地図を取り出した。

「それなら、こっちからこう行ってください。この道はインクベアが出るんですけど、お兄さん達のパーティなら避けられますよね？」

インクベアは、緑色の熊《くま》だ。それほど凶暴ではないし、小さい。嫌がらせをするのが大好きな『悪戯《いたずら》好きなクマさん』で、泥や樹液《じゅえき》などを手や足、体に付けて、近付いてきた人に塗りつけたり、投げつけたりするのだ。上手く逃げないと、物凄く汚れる。とはいえ、慣れた冒険者ならば、食べ物で気を引くなどして避けることは可能だ。

このパーティも、以前しっかりコツを掴んだと話していたので大丈夫だろう。

「なるほど。それなら行ける。サンキューな！」

「お気を付けて」

かなりの人が出て行った。コウヤは手が空いたところで受付を閉め、今度は依頼の整理にかかる。

依頼のオーダーボードには、様々な依頼が書かれた紙が貼り付けられている。一通り、撫でるように見つめると、今度は締め切り期限の近い依頼書を探し出す。

このギルドでは、病院のカルテ整理棚のように、依頼書の原紙《げんし》を種類ごとにまとめ、壁に作られた棚に差し込んでいる。最初は穴を開けて紐《ひも》で綴《と》じる形で保管されていたため、見返したり、依頼が達成されたものをチェックしたりするのが大変だったのだ。そこを改善したのがコウヤだった。お陰で格段に効率が良くなり、少人数でも何とか回せる状態になった。因みに、この棚を作ったのもコウヤだ。

コウヤはひょいひょいとそこから目的のものを抜き出し、作業用の机に持ってくると、内容を確認していく。

「あ、これってやっちゃダメなやつかな？」

表の業務は良いと言われたのだが、これは違うかもしれない。どうしようかと近くにいた査察官に尋ねることにする。彼らは隠密《おんみつ》スキルでも持っているのか、意識を向けるまでとても気配が薄かった。

「あの、この作業なんですけど」

「っ、へ!?」

声を掛けると、査察官はあからさまに驚いた顔をした。同じようにコウヤの同僚も、それまで意識に引っかからなかった査察官に気付いていてびくりと体を震わせる。

「わ、私に気付くなんて……い、いえ、ごめんなさいね。期限切れのチェックね。大丈夫よ。ただ、処理したものは別に分かるようにしておいてもらえる？」

同僚達が青い顔をしていたのはこのためだ。気配を消してギルド内に散らばっている査察官達は、まず見つけられない。本部の中でも特に隠密スキルの高い者達なのだ。見つけられるのは、気配察知スキルが彼らの隠密スキルよりも高い場合と、レベルに格段に差がある場合のみ。

コウヤは両方だ。気配察知スキルは『世界管理者権限』に集約されており、レベルは、最上位の冒険者でもあり得ない３００超え。よって、コウヤには本当に自然に、同僚達の邪魔にならないよう作業する査察官の姿が最初から見えていたのである。

「分かりました。なら、昨日までの完了記録の整理も大丈夫ですか？　そっちも除《よ》けておきます」

達成された依頼は、依頼人への報告書を作成しなくてはならない。採取などの場合は、どうやって、どこで受け渡しをするかでも違う。ギルドから連絡して取りに来てもらう場合と、直接届けるものがあり、それの仕分けも仕事の一つだ。

「え、ええ……大丈夫だけど……あなたが一人でやるの？」

その女性の査察官は、近くにいるコウヤの同僚二人へとチラチラと目を向ける。二人とも受付にいるので、この作業が今できるのはコウヤだけだ。

「俺が一番早いみたいで。昼までには終わらせないと、配達に間に合わないですし」

「そ、そう？　やっぱりおかしいわね……」

ボソリと呟《つぶや》いて思案顔をするその女性に、コウヤは首を傾げる。

「どうかしました？」

「っ、いいえ……仕事を続けてちょうだい」

「はい！」

元気良く返事をすると、気合いが入る。

けれど、笑顔だったのはここまでだ。高い集中力を発揮したコウヤは、猛然と書類をチェックしていく。期限切れのものは、依頼人へ納期の延長をするかどうかという伺《うかが》いと、追加報酬額の案や代替案などを記す。

それらを終えると、次に依頼が完了したもののチェックだ。配達に回すものと完了であるとの手紙を用意するものに分けて、完了通知届けを先に作成していく。それを持って配達部署へ向かった。

配達の方は、それなりに梱包《こんぽう》も必要だ。集められた依頼品を整理し、一つずつ届け先を確認して割り振っていく。

そして、ここにも査察官がいた。

「あの、配達は行《おこな》っても大丈夫ですか？」

「っ⁉　うおっ、びっくりしたぁ。うん。一応、こっちで先に確認させてもらうけど」

「分かりました。なら、これ今日の配達分です。チェックお願いします」

「あ、ああ……昼過ぎまでに終わらせておくよ」

「ありがとうございます！」

なぜ自分に気付けたのだろうと査察官が首を捻る中、コウヤはこれならば今日の業務に問題なさそうだと安心して部署を出て行った。

表に戻ったコウヤは、そこで重要なことを思い出す。

「あっ、キメラのも下げなきゃ」

いそいそとオーダーボードに向かい、キメラ討伐の依頼書を回収する。それを見ていた冒険者の一人が声を掛けてきた。コウヤがギルドで働き始める前からの顔馴染みのおじさんだ。

「それ、どうすんだ？　ランク指定上げるのか？」

今でもパーティAランク指定。それ以上になるとこの町には受けられる者がいなくなる。その場合は、合同パーティでの依頼となるだろう。

因みに、ランクは地球でのアルファベットが使われており、順番もあまり変わらない。これは、神であったコウヤだから知っていることだが、多くの世界がこれを採用している。順番は下からH、G、F、E、D、C、B、A。そして、その上に追加されて出来たのがSランク。これが最上ランクだ。

現在、現役《げんえき》ソロでのSランクはいない。記録を確認しても、歴史上認定されたのは五人ほど。今の時代に生きている元Sランクは、冒険者ギルドの統括《とうかつ》をしているはずだ。

六人までの冒険者で登録されるパーティのランクは、全員の能力を総合して付けられるため、ソロでAランクの者が半数以上を占めていれば、Sランク認定される。ただし、Aランクになれる者がそもそも少ないため、現在も活動中のSランクパーティは世界に十もないのが現状だ。

それなのにSランクパーティへの依頼に切り替えるのか、という問いにコウヤは首を振った。

「いえ、もう倒したので」

「……は？」

ギルド内の音が消えた。

「ちょっ、コ、コウヤ、今なんて？」

全員の視線が集まる。今日はよく注目されるなと呑気に思いながら、コウヤは笑顔で答えた。

「今朝、俺キレたじゃないですか。その勢いで倒してきちゃったんです。あの辺にキメラは一体だけだったんで、違う子じゃないと思うんですけど？」

「んん⁉」

半数がよろめき、倒れた。残りは頭を振ってから遠い所を見ている。

「どうかしました？　あ、喉の調子が悪いなら風邪《かぜ》の引き始めかもしれませんし、薬湯《くすりゆ》を淹《い》れましょうか」

冒険者の体調を気にかけるのも仕事のうちだと思っているコウヤは、おじさんが止めようと手を伸ばすのにも気付かず、そのまま給湯室に駆け込み、すぐに薬湯を淹れて戻ってきた。

「はい、どうぞ」

「あ、ああ……ありがとう……落ち着いたよ……」

「良かったです。あっ」

「ど、どうした⁉」

周りの冒険者達も、今度は何だと顔を上げる。

「朝ごはん食べてませんでした……お腹空いた」

「そ、そうか……丁度昼飯時だし、おいちゃんとご飯に行くか？」

「いいんですか？　行きます！　休憩お願いしま～す！」

「……行ってらっしゃい」

いつもはコウヤが不在だと不安で渋《しぶ》る同僚も、反射的に了解してくれた。査察官がいることで上層部も出てこないようだし、食事の途中で戻れとも言われないだろう。何より、気の良いこのおじさんならば、きっと追い返してくれる。

嬉しそうに、先ほど外したキメラの討伐依頼書を、受付の自身の席に置いてくるコウヤの後ろでは、その冒険者のおじさんと査察官が話していた。

「詳しく聞いてくるんで」

「お願いします」

「おう、コウヤ、行くぞ」

「は～い！」

面倒見の良いおじさんについて、コウヤは様々な感情が籠った視線に見送られながらギルドを出て行った。

◆　◆　◆

ようやく食事にありつけたコウヤは、機嫌《きげん》良く質問に耳を傾けていた。

「それで？　キメラをどうしたって？」

このおじさん、名をグラムという。おじさんと言っても、四十になったばかり。コウヤには『おいちゃん』と言うが、他の人におじさん扱いされるのは許せないらしい。

これだけでももう、コウヤを特別に気にしているのが分かるだろう。この町の冒険者達は総じてこんな様子だ。ギルド職員としてのコウヤを信頼しているし、ちょっと働き過ぎなコウヤを気にしている。

実は今回、査察が入ったのも冒険者達の力によるものだった。

この町ユースールは国の一番端、辺境伯《へんきょうはく》の治める大きな町だ。大きさは王都と商業都に次いでいて、辺境でありながら住みやすい町と評判だ。

ただ、ここまでの街道の整備が間に合っていないことと、危険な森がそばにいくつもあるということで、外からやって来る者は少ない。とはいえ、その少ない者達がそのまま腰を落ち着けてしまうので、人は年々増えている。

故郷を追われ、仕方なく流れ着いた者が多く、最悪な状況を知っているためにここでの生活はやる気に満ちたものになる。最後の砦《とりで》と思ってやって来た場所が、どこよりも住みやすければそうなるだろう。同時に犯罪者達も流れてくるのだが、それらは実力ある領兵《りょうへい》達が素早く処理してくれる。

そんな町の冒険者ギルドは、コウヤが就職するまで最悪と呼ばれ、唯一鬼門《きもん》扱いされる場所だった。ギルド長は呑んだくれで、職員達も左遷《させん》された者ばかり。仕事はできない上に協調性も皆無《かいむ》。冒険者達は彼らを当てにすることなく、それでも最後の砦のこの町で、命をかけて日々を暮らしていた。

そこに現れたのが、当時十歳の少年だったコウヤだ。それ以前から町で冒険者達に手製の薬を安く譲《ゆず》ったり、何気ない様子で武器や防具の違和感への助言をしたりと、冒険者達の守り神的な存在になっていた。そんな中で、冒険者達が『コウヤがギルド職員だったらなあ』なんて零《こぼ》し始めたのがきっかけだ。

仕事ができるならやってみろとギルド長に言われ、コウヤは冒険者ギルドの改革を行った。相変わらずギルド長は呑んだくれだし、それに従う数人はどうにもならなかったが、冒険者達に直接対応する職員達の意識は変えることができた。

コウヤ持ち前の人好きのする対応で、丁寧に仕事を教えて、やり方を彼らに合うように考えてやるだけで、格段に良く動けるようになったのだ。そうして仕事ができるようになると、彼らも自信が付いて、職員同士の関係も改善されていった。

冒険者達も協力し、ギルドは生まれ変わった。具体的に言うと、国内の冒険者ギルドでもトップの実績を生み出せるほどになったのだ。

それでも、中にはまだギルドに不信感を持っていたり、素行の悪い冒険者達もいる。そういう場合はコウヤの洗礼《せんれい》を受け、心を入れ替えたり捕まったりしているのが現状だ。

グラムもこの町に流れて来た者の一人。犯罪者ではないが、組んでいたパーティを追い出され、それ以来誰とも組む気になれず、ヤケになっていたところをコウヤに張り倒されて目を覚ました。

グラムは、こんな小さな子どもに言われるなんて情けないと自身を奮《ふる》い立たせ、現在ソロでAランクにまで上り詰めた実力者だ。

出会った頃が懐かしいな、と思い返しながらテールスープを飲むコウヤは、そんなグラムの質問に何気なく答えていた。

「倒しました。とっても大きかったですよ。俺の三倍くらい高い所に頭がありました。手も大きくて、爪が当たっただけであれは瀕死になります。今まで治療した方々の怪我に納得しました」

背中が抉《えぐ》られたのはあの爪のせいで、噛まれたような大きな傷は、尻尾の蛇のものだろう。尻尾なのに意外と大きいと思っていたが、申告された大きさは正しかった。

そして、やはり半数は喧嘩傷だったと思う。

「そのな……確認するが、一人で戦ったのか？」

美味しい食事が前に並んでいるのに、グラムは手をつけることなく頭を抱えていた。

「はい。だってキレてましたもん。誰かを連れて行くなんて頭ないですよお」

「……」

怒った時というのは、全部が敵に見えるものだ。そんな時に『一緒にお願いします』なんて言葉は口から出ない。勢いに任せて一人飛び出してしまうのは仕方がないことだ。

「あれだけ大きいと首に届かないんですよ。持ってた得物《えもの》も短くて、ちょっと苦戦しました」

「……そうか……」

もはや、グラムは口数まで少なくなってしまっていた。

「冷めますよ？　やっぱり具合悪いんですか？」

「いや、すまん。食べよう。それで、倒したキメラはどうした？」

ようやくゆっくりと食事を始めたグラムは、理解するのを諦めた表情でコウヤを見ていた。

「えっと、血抜きはしたんです。あとは、皮とかは素材になると思って、空間魔法で作った亜空間に保管してあります」

「ぐっ、く、空間魔法!?」

「はい。あれ？　知りませんでした？　よくギルドでは運搬《うんぱん》とか頼まれるんですけど」

「……そういえば……」

配達もそうだが、物資を移動させる時にコウヤは駆り出されていた。コウヤは仕事のためには、能力を隠していなかった。この亜空間には、本当にいくらでも入るのだ。一度なんて、山一つ分の木を収納したことがある。それでも余裕なのだから、本当に無限と言ってもいいなと思ったものだ。

「だから、棟梁《とうりょう》さんの所で休みの日にお手伝いしてるんですよ」

「……お前はもうちっとちゃんと休め」

「え？　だって、休日って仕事が休みなだけでしょう？」

「そうだなっ。そうだろうけどっ、休めよ！」

コウヤとしては、病弱だった前世で休みは充分に取ったという認識だ。よって、休日は好きなことをして過ごす。それがたとえ普段よりもキツイ肉体労働であっても、好きなことに変わりなければ正しい休日の過ごし方だと考えていた。

しかし、周りはそうは思わない。最近は冒険者達がギルド長に無茶を言わせないように目を光らせているが、それでも今回のように、コウヤに無償《むしょう》で治癒魔法を使わせたりしていた。

この町の多くの冒険者は、コウヤに感謝している。ギルドを変えてくれたこともそうだし、いつも笑顔で助言や手を貸してくれるコウヤにお礼をしたい。

だから、遠く離れた王都へ数人ずつ足を運び、この町のギルドの現状を本部へと報告していた。ようやく重い腰を上げて来てくれた査察官達は、既に色々とギルド長達の問題行動に目を付けていた。

冒険者達の願いはただ一つ。楽しそうに仕事をするコウヤが、気持ち良く仕事を続けられるようになること。

今回、まだ日も昇らぬうちにコウヤが怒ってギルドを飛び出して行ったと聞いて、グラム達冒険者や、コウヤに恩を感じている同僚の職員達はヒヤヒヤしていた。もうコウヤが戻ってこないのではないかと。

そう思うと、仕事に行く気にもならなかった。せっかく念願だった査察が入ったというのに、コウヤがいなくなったら意味がない。そうして落ち込んでいた時にコウヤが戻ってきたのだ。

彼らはコウヤの無事な様子を見て、心からほっとした。けれども、次の瞬間には『辞める』と言うのではないかとしばらく気が気でなかった。コウヤが戻って来た時、彼らが不安そうにしていたのは、実はこれが理由だったのだ。

「はぁ……」

グラムは、ここでようやくコウヤに辞める意思がないと知り、大きく息を吐いた。

「どうしました？」

「いや……コウヤ、仕事は楽しいか？」

この質問をするのに、ここまで心の準備が必要になるとは思わなかったグラムだ。美味しそうにパンを食べるコウヤを見て答えを待つ。

その周りには、いつの間にか冒険者達が集まって聞き耳を立てていた。

「もちろんですよっ。天職《てんしょく》です！」

「っ、そうかっ」

「ん？」

周りが一斉に肩の力を抜いたため、空気が緩むのが感じられて、コウヤは不思議そうに辺りを見回した。

食事を済ませたコウヤがグラムとギルドに戻ると、グラムより幾分か若い男性がそわそわとギルド前で待っていた。

「あ、ヘル様」

「コウヤ！　怪我は⁉　朝方、西門から出て行ったって聞いて心配したんだよっ？」

駆け寄ってきてペタペタと体に異常がないかとチェックする彼は、この町を治める現辺境伯の継《けい》嗣《し》だ。名をヘルヴェルスという。

次期当主ではあるが、領兵達を率《ひき》いる領兵長をしている。今も兵の制服を着て、規定とされる剣を腰に差していた。濃い茶色の制服は彼には似合わないが、金髪碧眼《へきがん》の騎士様のような姿は、いつ見ても格好いい。

「大丈夫ですよ。ちょっと勢いで出て行ったところはありますけど、怪我もありません」

「そう……」

彼は出会った当初から、養子に来ないかと熱烈にアタックするほどコウヤを気に入っていた。町で冒険者達に『守り神』と呼ばれる子どもが、周りを少しずつ変えていくのを知って興味を持ったのが始まりらしい。

領主といえど、冒険者ギルドには手が出せない。ギルドは国に所属しない、一つの大きな組織であるためだ。冒険者達は国になくてはならない存在だが、国がどうこうできるものではない。協力関係を取ることはあっても、一方的に使うことはできないようになっていた。

冒険者達は国の物流にも大きく関わっている。これを切れば国を危うくすることになるだろう。だから、問題があっても強く出られず、ここでも手を出せずにいたのだ。

そうして彼らが頭を抱えていたところに現れたのがコウヤだった。

冒険者ギルドに直接手を入れ、正してくれたコウヤに、領兵長であるヘルヴェルスや辺境伯が恩を感じるのは当然だ。ギルドが正常に機能しなければ、冒険者達は荒れる。荒れた冒険者達は住民に迷惑をかけ、領兵が出動する。これにより更に反発が起こる、というように、最悪の状況だったのだ。頭も抱えたくなる。

コウヤはこの町の救世主。そんな彼が働き詰めな上にまだ十二歳の子どもで、本来なら保護者になり得るはずのギルド長は、コウヤの能力を搾取《さくしゅ》するだけ。

周りやヘルヴェルスが守ろうと躍起《やっき》になるのは仕方がないことだった。

「そうだ。査察が入っているんだろう？　いつものように仕事もできないだろうし、家に来ないかい？　フェルトやティルや父上も会いたがっているんだ」

現当主である彼の父や、妻であるフェルトアルスも、まだ幼い五歳の息子のティルヴィスがいても、コウヤを本当の息子のように思って可愛がっている。

これに、グラムも賛成らしい。

「コウヤ、行ってきたらどうだ？　俺らも査察が一段落するまでは遠出しねぇし、受付が混む夕刻前に戻って来てもらえれば良いだろう。領主様んとこでゆっくりして来いや」

元々が、グラム達の呼んだ査察官達だ。彼らの邪魔をするつもりはないし、何より、コウヤの待遇を良くしたくて呼んだのだ。コウヤが一日二日休んだところで文句を言う冒険者はいない。寧《むし》ろ、コウヤがいない方が助かるところもあるだろう。子どものコウヤに見せたくないこともある。

グラムやヘルヴェルスが本気で心配してくれていることが分かったコウヤは、ならばと笑みを浮かべて頷いた。

「分かりました。ご迷惑でなければお邪魔させていただきます」

「うんっ。すぐに行こうっ」

ヘルヴェルスは嬉しそうに破顔した。しかし、このまま行くのはよろしくない。

「あ、でも少し待ってください。同僚に伝えて来ますね。それと、寄り道しても良いですか？」

「ああ。どこに行きたいんだい？」

「隣の解体屋さんです。キメラの解体をお願いしようと思って」

「ん？」

「……」

キメラと聞いて、ヘルヴェルスが笑顔のまま固まった。グラムは顔をあからさまに逸らす。

「ちょっと待って。今、キメラって聞こえたけど……」

未だ笑顔を張り付けたままヘルヴェルスは問う。

「はい。今朝倒して来たんです。勢いって怖いですよね。血抜きはできてるんですが、皮とか剥《は》ぐの、あれだけ大きいと俺じゃあ大変で。解体屋さんがこの前『たまには大きい獲物でも解体したいもんだな』って言ってたので丁度良いかなって」

「え、えっと……そう？　かな？　うん、喜んでくれるかもね」

「はい！」

きっと喜んでくれるだろう。血抜きも終わっているから、楽だとも言ってくれるはずだ。

コウヤの知る解体屋のオヤジさんは、包丁をいつでも手放さない、『解体命』という言葉を掲げて仕事をするちょっとファンキーな職人さんなのだから。

「それじゃぁ、一言伝えて来ます」

「うん……」

ギルドに駆け込んで行くコウヤを見送るヘルヴェルスは、グラムへ顔を向けずに尋ねた。

「あれ、本当なの？」

「本当みたいです……それも、話を聞いたら、ペーパーナイフで倒したとか言ってました」

「……あの子が強いのは分かってるけど、それってどうなの？」

「一応、危ないんで、今度はちゃんとした武器を持って行くようには言っておきました」

「うん。多分、言わなきゃいけないのはそこじゃないと思うよ？」

そこにコウヤが笑顔でギルドを飛び出して来た。

「おまたせしましたあ」

その無邪気な様子からは、キメラが倒せるようには決して見えない。

「アレに何と言えば？」

「分かんないね……」

大人達は、常にコウヤに振り回されているのだ。


ヘルヴェルスと二人、コウヤが向かったのは馴染みの解体屋だ。

魔獣の解体を請け負う店で、冒険者ギルドとも提携している。店自体も冒険者ギルドの隣。冒険者達がすぐに持ち込んで査定できるようになっているのだ。

元々は西門の近くにひっそりと店舗を構えていたのだが、コウヤが頼み込んで店を移してもらった。結果的に冒険者達が利用しやすくなり、解体依頼も数倍に増えたので、店主であるオヤジさんにはとても感謝されている。

「こんにちは〜」

「あ、コウヤ君。親方ぁ、親方ぁ、コウヤ君ですよ〜」

カウンターで店番をしていた、コウヤより三つほど年上の少年が、用件も聞かずに反射的に奥へ声を掛ける。すると、ドンドンドンと重い足音を響かせて、大柄の男が顔を出した。その手には巨大な包丁が光っている。その包丁だけで、結構な重量がありそうだ。

「おうっ、コウヤぁ、今日はどうしたよぉ」

ちょっと語尾が『ya』や『yo』になっているのは、ノリノリでついさっきまで解体していたからだろう。このオヤジさんは、解体の時に人が変わる。

「大きいのを倒したので、解体をお願いしたくて」

「ほぉおおっ！　出せぃ！　今すぐよぉうっ」

「はい！　第五倉庫に出しますね」

「そんなに大きいのん⁉　ォッフォォォ！」

オヤジさんにスイッチが入った。

こうなっては急いで出して、急いで退散しなくてはならない。でないと巻き込まれて怪我をする。

コウヤは避けられるので良いが、ヘルヴェルスが興味深そうについて来てしまっているので、要注意だ。

コウヤは素早く、特に広い第五倉庫の中央にある解体台の上にキメラを出す。それに目の色を変えて、いつの間にか二丁の包丁を両手に持ち、突進してくるオヤジさんを避け、部屋の入り口に戻った。

「ヒョッフォォオイ‼　解体、カイタイ、カイタァアイヨォッ♪♪」

「……!?」

ヘルヴェルスがドン引きしていた。

「じゃあ、お願いします。終わったらいつもみたいにギルドの方へ連絡してください」

もう聞こえてはいないだろうが、前半は既に包丁を振り回しているオヤジさんへ向けて、後半は受付の少年に伝えておく。

「了解しやしたぁ。いやぁ、大物っすねー。あ、兄さん達にも教えてこよ〜っと」

店番そっちのけで兄弟子達を呼びに走り去っていく少年を気にすることなく、コウヤはドン引き中のヘルヴェルスに声を掛ける。

「お待たせしました」

「う、うん……ここ、いつもこんな感じなのかな?」

領兵の相手は人だ。だから、魔獣を解体するこの店には縁がなかったのだろう。

「はい。だいたいそうですね。すごいですよね。何かを極めようとする職人さんは、集中力が違います」

「……そうだね……もうこっちのこと、どうでも良さそうだもんね……」

「ヒャッハーーー!!」

目がいっちゃってる人って怖いなと思いながらも、コウヤは衝撃を受けているヘルヴェルスと共に店を出た。

特筆事項② 巫女《みこ》と出会いました。

ヘルヴェルスに案内されて辿り着いた辺境伯のお屋敷《やしき》は、貴族特有の派手さを感じさせない、静かな佇《たたず》まいで美しいものだ。

「お帰りなさいませ、ヘル様」

出迎えてくれたのはこの屋敷の家令《かれい》であるイルトだ。片目にモノクルをつけ、短い灰色の髪を撫でつけた、温厚そうな初老の男性は、何度見てもこれぞ執事《しつじ》だとコウヤを感動させる。

「イルト、コウヤを連れて来たとフェルトや父上に伝えてくれるかい？」

「承知いたしました。ようこそ、コウヤ坊《ぼ》っちゃま」

「イルトさん、こんにちは。お邪魔します」

彼は意図してかコウヤのことを坊っちゃまと呼ぶ。コウヤの何が彼らの琴線《きんせん》に触れたのか分からないが、悪い人達ではないので特に追及《ついきゅう》しようとは思わない。お陰で坊っちゃま呼びを肯定することになってしまった。

するとそこに、幼い声が響いた。

「あっ！　コウヤにいさまぁ」

顔を上げると、二階の階段の最上段に今年五歳になったヘルヴェルスの息子、ティルヴィスがいた。コウヤがこれは危ないと瞬間的に判断したその時、ティルヴィスが階段から転げ落ちそうになった。

「ティル!!」

「坊っちゃま!!」

ヘルヴェルスとイルトの叫び声が背後で響く。

その次の瞬間、コウヤはティルヴィスを抱えて踊り場に立っていた。

ヘルヴェルスの隣から、一気に二階付近まで跳び、頭から落ちそうになっていたティルヴィスを抱き上げて、階段に片足をつき、再び軽く飛び上がって真ん中の踊り場に着地したのだ。

「危なかったぁ。ティル君、階段には一人で近付いちゃダメだよ？　ほら、メイドさん達びっくりして泣いちゃったでしょ？　ヘル様やイルトさんも泣いちゃうよ？」

二階の階段の上では、手を伸ばして固まってしまったメイドが三人。崩れるように座り込み、こちらを見ていた。ティルヴィスが助かったと理解してすぐ、彼女達は両手を口元に持っていき、目を潤ませている。

十二歳の少年が、五歳の子どもを危なげもなく抱いている様子は驚くべきものだ。小さいとはいえ、結構な重さがある。だが、コウヤはまるで重さを感じていないように抱いたまま、階段を下りていった。一番下まで来ると、ヘルヴェルスの前に下ろす。

「ほら、ごめんなさい」

「ん……ごめんなさい、ちちうえ、いると……」

ティルヴィス自身も怖かったのだろう。キュッと自分の服の裾《すそ》を掴んだ手には力が入っているし、声も震えていた。彼はヘルヴェルスにそっくりで、金髪碧眼の可愛らしい男の子だ。庇護欲《ひごよく》をくすぐられて堪《たま》らない。コウヤは彼の隣に屈《かが》み込んで、よしよしと頭を撫でた。

「ちゃんと言えてえらいね。怖かったよね」

「うん……っ……」

そのままドンと体当たりするようにコウヤに抱き付いてきたティルヴィスを、優しく受け止めて小さな背中を撫でた。

ここでようやくヘルヴェルス達が再起動する。

「ティ、ティル……っ、よかったっ。ありがとう、コウヤ」

「いいえ、怪我もなくて良かったです」

コウヤが笑顔で答えると、ヘルヴェルスもティルヴィスの頭を撫でた。

「ティル、これからは気を付けるんだよ？」

「はぃ……」

そして、そこに今度は母親であるフェルトアルスが二階から駆け下りてくる。どうやら、廊下でティルヴィスが転げ落ちていくのを見ていたらしい。

「ティルっ、あっ」

しかし、そのフェルトアルスも最後の数段を残し、躓《つまず》いて転げ落ちようとしていた。

「うわっとぉ⁉　大丈夫ですか？」

左腕で抱き着いていたティルヴィスを抱え、右腕で滑るように転がり落ちようとするフェルトアルスを支える。

「え、あら？　ご、ごめんなさいね、コウヤさん……っ」

「流石に冷やっとしました」

フェルトアルスはちょっとおっちょこちょいなところがある。小柄《こがら》で活発なお嬢様が、そのまま大人になったような人だ。

「フェルト……」

「フェルト様……お気を付けください……」

「ごめんなさい」

夫であるヘルヴェルスは呆れながらもほっと胸を撫で下ろし、家令のイルトは頬を引き攣《つ》らせていた。

コウヤはフェルトアルスから手を離すと、驚いたように目を見開いたまま腕の中にいたティルヴィスを、彼女の前に下ろす。

「ティル君もびっくりしてますよ」

「そうみたいね。お母様も落ちちゃったわ」

「こうやってびっくりするから、落ちないようにこれからは気を付けようね」

「っ、はいっ」

ティルヴィスは心から理解できたようで、これはこれで結果オーライというところだろう。

それにしても、とコウヤは少し気になることがあった。

「……フェルト様、具合が悪いのではありませんか？」

「えっ、な、なんで分かるの⁉　あっ！」

おっちょこちょいは、時にとっても良い仕事をしてくれる。

「やっぱり」

「で、でもちょっと食欲がないような変な感じがするだけで……」

これにヘルヴェルスが心配そうに近付いてきて、そっとフェルトアルスの肩に触れる。

「フェルト？　大丈夫かい？」

「平気よ。この後、薬師《くすし》さんもいらっしゃるもの。薬湯をお願いするわ」

「そうだね」

コウヤはさり気なく二人から数歩下がり、仲が良いなと、なんだか嬉しくなって見つめる。けれど、やっぱりまだ大事なことに気付いていないのかなと思った。

「薬湯は必要かもしれませんが、えっと、メイド長さんっ」

「あ、コウヤ坊ちゃま。お久し振りです。何かご用ですか？」

「そのですね……」

コウヤは、何事があったのかとやって来たメイド長に駆け寄り、耳打ちする。

「すみません。ご存知なのかもしれませんが……メイド長さんは鑑定が使えますよね。俺がやると失礼ですし、異常がないか確認をお願いできますか？」

「フェルト様に鑑定を？　承知しました」

不審に思いながらも、コウヤが言うならと、メイド長もフェルトアルスも了承して鑑定をかける。

そして、メイド長は固まった。

「ど、どうしたの？　何かおかしな状態になっているのかしら？」

フェルトアルスが不安そうに首を傾げる。そこでメイド長が落ち着こうとハクハクと息を細かくしながら答えた。

「ご、ご懐妊《かいにん》されておりますっ」

これにやっぱりとコウヤは笑顔を浮かべるが、周りは大混乱だ。言われた本人は意味が分かっていない。

「え？　誤解に？　何？」

「い、いえ、ご懐妊です！　お腹にお子様がいらっしゃいます！」

「……えぇぇぇっ⁉」

そのフェルトアルスの声にはちょっとびっくりした。ティルヴィスなんてビクリと体を震わせて涙目だ。コウヤは咄嗟にティルヴィスを抱き上げてその場から離れる。すると、もう上を下への大騒ぎになった。

「子ども⁉　子どもが出来たのかい⁉　フェルト！」

「ヘル！　わたし、わたしっ、やったわ！」

「おめでとうございますフェルト様！　ヘル様！」

「なんと、だ、旦那《だんな》様にご報告を！」

何の騒ぎだと使用人達がぞろぞろと出てきて、更に騒がしくなったので、突然のことに理解できていないティルヴィスが怖がっていた。

「にぃさまぁ……」

「うん。みんなが落ち着くまでちょっとお庭に行こうか」

「はぃ……」

小さい子には、大人達がハイテンションで騒ぐ様子は怖いものだ。

コウヤとしてはあんまりはしゃぐのは体に良くないとか色々言いたいが、ここで水を差すのもと思い、まだ冷静そうなメイド達数人に、ティルヴィスと庭にいるからと伝えて外に出た。

それから一時間ほど経っただろうか。

庭ではティルヴィスが大きなボール相手に楽しそうに走り回っている。その庭の真ん中で、コウヤは大きなピクニックシートを敷いてそれを眺めていた。

ここには立派な東屋《あずまや》があり、お茶のできるテーブルと椅子が用意されている。そこに座ってしばらくはティルヴィスに絵本を読んでいたのだが、本人が遊びたがったので、コウヤは亜空間から大きくて柔らかいゴムボールを渡してやったのだ。

ゴムの木らしきものを見つけたのは、一週間ほど前。仕事の途中で森に落とし物をしたと落ち込んでいた冒険者の女性のために、休憩時間を利用してそれを探しに出た時だった。

お守りだと言って見せてくれたことがあったため、世界管理者権限スキルによって探し物は簡単に見つけられた。まさにその場所にあった数本の木がそれだったのだ。

その場で彼女達のパーティは魔獣と戦ったのだろう。剣で傷付けられたらしい木の幹から、白い樹液《じゅえき》が滴《したた》り落ちているのを見て鑑定した。

ゴーマの木

木材としては不向き。幹を傷付けることで大量に流れ出る樹液は温度によって固まる。

《ゴムの木もどきよ。この樹液を練《ね》ったりして、硫黄《いおう》を加えることでゴムが出来るんじゃないかな？　色々試してみてね》

コウヤの鑑定には、時折エリスリリア達の言葉が入る。

こうして試行錯誤《しこうさくご》の上で完成させたゴムボールは、やはり思っていたゴムとは少し違い、ふわふわとした感触のスクイーズに近いものになった。子どもが遊ぶにはこれはこれでありだなと思える納得の出来だ。

「ふふっ、にいさまぁ。これ、たのしぃです！」

この笑顔が何よりのご褒美《ほうび》だ。

楽しそうなティルヴィスを見つめていれば、そこに現辺境伯がやってきた。

「コウヤ。せっかく来てくれたのに、子守りをさせて悪いな」

「いいえ。こんにちは、レンス様」

レンスフィート・ガルタ辺境伯。

やはりヘルヴェルスやティルヴィスと同じ、金髪碧眼のダンディーなおじさまだ。英国紳士《しんし》のようにステッキを手にやって来る様は上品で、コウヤも憧れる。

「フェルトを鑑定するように助言してくれたとか。君は本当によく気が付く子だな」

「たまたまです。フェルト様から違う気配を感じたので、もしかしてと思って」

「助かるよ。あの子はティルを身篭《みごも》った時も中々落ち着かなくてな。周りが必要以上に気を張っていたものだ」

フェルトアルスはじっとしていることが苦手なようで、領地の視察にも行きたがるし、遠乗りも好きらしい。そのせいで、ティルヴィスが危ない時もあったとか。

「そうでしたか。いつもお元気なフェルト様ですし、もしかしたら、いつも通りにしていないと不安だったのかもしれませんね」

自分以外の命を宿《やど》しているというのは、どんな感覚なのだろう。コウヤは男だから分からない。それでもいつも通りではいられなくなることは想像がつく。それがストレスになってはいけないと無意識に行動していたのだろう。

「なるほど。そうかもしれんな。それならそれで今回は対応を考えられそうだ」

男には分からないものだからな、とレンスフィートは頷いた。

「実はな、あの子がここ最近、食欲がないようだったから、心配だったんだ。妻も最期《さいご》は食が細くなっていったものでな……」

レンスフィートは、まだ若い頃に妻を亡くしていた。だから、特に心配だったのだろう。嫁いで来た義理の娘とはいえ、レンスフィートはフェルトアルスを、実の娘のように大切に思っているのだから。

「そうでしたか。薬師様を呼ばれたのはそのために？」

「ああ……」

少し気まずそうに苦笑するレンスフィート。過保護な親に見えたかと思ったのだろう。

彼は優しいのだが、貴族の中では厳格な人だと有名だ。笑みを見せることはごく稀《まれ》で、何があっても無表情。貴族社会というのは難しく、知らぬ間に敵を作っているもの。そんな世界で一人、辺境伯という侯爵位に並ぶほどの力を持った彼が生きるには、感情を常に押し殺すしかなかったのだ。それがいつしか家族の前でもそうするようになっていった。

だが、そんなレンスフィートも、こうしてコウヤと話すようになって、感情を表すようになった。最初の頃と比べると、実に多彩な表情を見せてくれている。なんだか神界にいるゼストラークに似ているようで、コウヤも臆《おく》することがなく、とても自然な関係を作っていた。そのうちまた、家族の前でも笑えるようになるだろう。

「良いタイミングでしたね。ご懐妊が分かったので、薬師様もそれに対応したお薬を調合できますから」

「ん？　普段のものとは違うのか？」

レンスフィートは当然のように靴を脱ぎ、コウヤの敷いたピクニックシートに上がる。芝生《しばふ》の上に敷いているため柔らかく、絨毯《じゅうたん》の上を裸足《はだし》で歩いているようで気持ちがいい。

彼も気に入ったらしく、コウヤの隣に実にリラックスした様子で腰を下ろした。その視線は、コウヤと同じように、庭を転げ回るティルヴィスに注がれている。

「薬によっては、お子様が危ないですね。妊娠時期次第では、普通に食べ物でも良くないものがありますから」

「っ……もしや、貴族の子どもの出生率《しゅっしょうりつ》が低いのは……」

「低いのですか？」

「ああ。近年は特にな。我らが神に逆らっているのだと思えるほどに……」

高位の貴族ほどそれは顕著《けんちょ》であるという。民間で囁《ささや》かれるような先人の知恵など、貴族達は耳にしないためだろう。

「薬師の方々も、貴族と繋がりのある方は民間には下りられませんものね。なるほど。もっと早く気付くべきでした」

もちろん『これはダメ』とか『この場合は使ってはならない』という決まりとして伝わっているものもあるだろう。だが、貴族が抱えるような薬師達は、教科書通りにものを覚えている。エリート意識も高いので、研究でも常に新しい何かを見つけることに躍起《やっき》になっていた。

そのため、なぜダメなのかを考慮することや、一つ一つの薬効に目を向けることが稀だ。過去に作られた薬など、作れればそれ以上の興味はない。

コウヤはかつて、薬学《やくがく》にも精通《せいつう》する神、魔工神《まこうしん》だった。そのコウヤが一時期とはいえ邪神として倒されたために、その加護がこの世界から一度消滅した。

これによって、薬学の進展は遅くなった。それでも、薬師達は人類の存続をかけて新薬の製作に躍起になったのだろう。その甲斐あって、貴族が抱え込むまでの存在になった。今となっては、吉と出たのか凶と出たのかは曖昧なところだ。

「う〜ん、どうしましょう……こちらに来られる薬師の方は、どんな方ですか？」

変にエリート意識の高い者では、コウヤのような子どもの話など聞かない可能性がある。もちろん、その場合はレンスフィート達が許さないだろうが、自分で納得して受け入れるのと、押さえ付けられて受け入れるのとではわけが違う。

「そうだな。古くからこの町にいる偏屈《へんくつ》な男だ。お抱えといっても、奴は町で細々《ほそぼそ》と近所の者達の世話をして生きている。弟子もおらんのでな。あやつに何かあればこちらも困るのだが……」

それを聞いて、コウヤはあれと思った。

「もしかして、ゲンさんですか？　西門前の」

「知っているのか？　あやつは中々薬師らしくないんだが」

「知ってます。前々からギルドの近くへの出店をお願いしに行っているのですが、断られていまして」

「そうか……」

冒険者の健全な活動のためにも、貴重な薬師を町に埋もれさせておくわけにはいかない。そう考えたコウヤは、以前から町で密《ひそ》かに腕が良いと噂《うわさ》されていたゲンの所へと、何度も交渉に出向いていた。

店舗も作る用意はできており、ギルド近くに来ることで、解体屋のように弟子入り志願者も増えるはずだ。実際、解体屋の店番をしていたりする弟子達は、冒険者から鞍替《くらが》えした者達だった。

「最近はお茶を出してもらえるようになったんですけどね。腰を上げてもらうにはもう少しかかりそうです」

意思はかなり傾いてきてはいるのだが、決定打に欠ける状態だ。

「でも、そうですね……ゲンさんなら……」

しばらく思案するコウヤを、レンスフィートは静かに待つ。そして、ふいにコウヤが目の前の空間を割いた。亜空間の収納庫だ。

「っ⁉」

「えっと、確か……」

コウヤが空間魔法を使うところを初めて目にして驚くレンスフィートをよそに、コウヤは青白い光を発するそこに手を突っ込みながら呟く。

「これ……だと言葉が……あっ、そうだ、途中になってたやつがっ、あった！」

取り出したのは、数十枚の紙の束。それをレンスフィートに差し出す。

「古代エルフの薬学書を翻訳《ほんやく》した一部なのですが、これを渡していただけませんか？　丁度、妊婦《にんぷ》さん用の所です」

「あ、ああ、構わないが……コウヤは古代エルフ語が分かるのか？　エルフでも解読困難だと聞いたのだが」

「はい、問題なく読めますよ。ん？　エルフの方と交流があるのですか？」

少し身を乗り出すようにして尋ねるコウヤに、レンスフィートは片眉を上げる。

「つい先日、当家で一人保護したのだ。奴隷《どれい》として扱われていたのでな。今はフェルト専属のメイドにしている」

「そうでしたか……ん？」

「どうかしたか？」

「いえ、今その方は……」

コウヤが言いかけた時、表情を曇《くも》らせたメイドが一人やって来た。

何かを探しているような、そんな様子で近付いてきた若いメイドへコウヤは声を掛ける。

「どうかしましたか？」

「あ、失礼いたしましたっ」

コウヤに次いで、当主であるレンスフィートに気付き、メイドがびくりと肩を震わせて頭を下げた。

レンスフィートがあまりにも寛《くつろ》いだ様子だったので驚いたようだ。彼は屋敷でも厳格な雰囲気を崩さない。本人としては怯えられるのも傅《かしず》かれるのも好きではないのだが、癖なのだから仕方がない。

だがやはり、若い使用人達に怖がられてしまっている現状を彼は憂《うれ》えている。今回も、あまり変わらない彼の表情の中に落ち込んだ様子を見つけて、コウヤは苦笑する。

「レンス様はこんなことで気分を害したりしませんよ？　お話を聞き辛いので、顔を上げてもらっても良いですよね？」

「もちろんだ。何かあったのか？」

感情が表に出づらいのも考えものだなとコウヤは気の毒に思いながら、ゆるゆると顔を上げたメイドを見つめ、口を開くのを待った。

「そ、その……奥様のことをナチに伝えようと思ったのですが、部屋にいなくて……ここにいるのではないかと探していたのです」

「そのナチさんというのは、もしかして、エルフの方ですか？」

「あ、はい！　お見かけに？」

嬉しそうに笑みを見せたメイドに、コウヤは首を振った。

「こちらには来ていません。ですが、どうやら町の外に出ているようです」

「え？」

驚いた顔をしているということは、外出することを誰にも言っていないのかもしれない。

メイドは、まさか脱走したのではないかと今度は顔を青ざめさせた。

「ど、どうしっ」

エルフが助けられた恩を返さずに出て行ってしまったのだと思ったメイドは、レンスフィートを見て真っ白になりながら、再び頭を勢い良く下げた。

「申し訳ございません！　ナ、ナチをすぐに連れ戻して参りますっ」

レンスフィートを怒らせたと思ったらしい。だが彼は少しだけ眉間に皺を刻んだだけで手を上げて制止した。

「落ち着きなさい。彼女には、特に外出に制限をかけてはいない。何より、この環境に納得できないのならば出て行っても仕方がないだろう。あの子が人を信じられなくなっているのも分かっている」

レンスフィートは、あくまでも彼女を犯罪者から保護しただけのつもりだった。その後の生き方については、支援はしようと思うが、強制するつもりはなかった。

悪い方へ悪い方へと話が進んでいくのを察して、コウヤがメイドに尋ねた。

「その方、フェルト様とはどんな感じでしたか？」

「え、あ……とても出て行くようには……お体のことも心配していましたし」

はっきりとは言わないが、体を心配していたということは、フェルトのことを嫌っているわけでもないのだろう。

「エルフの方ですし、薬草やお茶とかを気にしていませんでしたか？」

「していました。私達にも、疲れているならと、ハーブティーを淹れてくれて」

エルフだけは、邪神と呼ばれるようになった後も魔工神であるコウヤを崇《あが》め、薬学を地道に修《おさ》めてくれていた、とゼストラーク達に聞いている。まだコウヤが神族としての力を完全に取り戻してはいないので、加護を与えることはできないが、いずれは里に行ってみたいと考えていた。

そんな事情を理解しているコウヤは、そのナチというエルフも薬学の知識があり、フェルトのために薬を作ろうとしているのではないかと思った。

「なら、多分薬草とか、フェルト様の体に良さそうな物を探しに行ったのではないでしょうか。今いるのも、薬草や魔獣が豊富な西の森のようですし」

「え⁉」

「西の森だと⁉」

確認するようにレンスフィートに言われたので、コウヤは改めて世界管理者権限のスキルを使って検索する。

「う～ん、やっぱり間違いないですね。結構奥まで行ってます。あ、このまま進むとちょっとスゴイのとエンカウントしますね」

「エンカ……うん？」

思わず、常々使ってみたかったゲーム用語を口にしてしまった。当たり前のように伝わらなかったので、分かりやすく言い換える。

「あと五分でジャイアントハリー君と出会えますよ。あの子の毛皮はあったかいですし、お肉は脂身が少なくて薬膳《やくぜん》にぴったりです！」

「ジャイアントハリー⁉」

「っ⁉　ど、どうしましょうっ」

ジャイアントハリーはAランクの大きなハリネズミだ。大きさは、成体のものが二足歩行して体高三メートルから五メートル。巨体の大半はフワフワの厚い毛皮で、普段はのそのそと森の中を這《は》って移動するのだが、一度戦闘態勢に入ると、その体は硬くなり、更に転がってくる。これにより、周辺の木はなぎ倒されてしまうので、コウヤは密かに『森の整地屋さん』と呼んでいる。

ちなみに、この整地屋さんに轢《ひ》かれて重傷を負う冒険者がこの町では一番多い。いくらレベルが高かろうと、幅約一メートルから二メートルの鉄球並みに硬いものがいきなり転がって来ては、たとえ重さはそれほどでもなくとも、避けるのは至難の技だ。

メイドがへたり込む。レンスフィートも珍しくはっきりと驚きを表情に表していた。

コウヤはこれを見て、表情筋が少しでもほぐれたようで良かったと呑気に喜ぶ。しかし、レンスフィートはそんなコウヤに詰め寄ってきた。

「なっ、ど、どうにかならないか⁉」

「え？　その方、戦えるんじゃないんですか？　狩猟《しゅりょう》が得意なエルフの方ですし、西の森に……あ、もしかして知らな……」

「あそこが危ないと知らない可能性が高いのだ！　何より、彼女は少し足が悪い。戦闘が充分にできるとは思えん！」

奴隷として売られる時、抵抗して折られ、今も後遺症《こういしょう》が残っているという。妙に移動速度が遅いのはそのせいかと、これを聞いてコウヤは立ち上がった。

「レンス様、可能でしたら、あとで西門にナチさんと話のできるメイドさんを寄越《よこ》してください。わたしが一足先に行って西門までお連れしますので」

常には『俺』と言っているコウヤが、レンスフィートの前だからと、『わたし』と言い換えている。その習慣を忘れないくらいには、コウヤは充分に冷静だった。

時間は着々と過ぎているが、焦ってはいない。ここからは西門まででも直線で四キロほど。馬車を使っても十五分から二十分かかる。とても二分や三分で行ける距離ではないのだが、コウヤにとってはひと駆けだ。問題ないと思っている。

「門から出ないので申し訳ないですが、あとで怒られておきますので、今は大目に見てくださいね」

「あ、ああ。怒るつもりはないが……間に合うのか？」

どうにかならないかと聞いておいてなんだが、レンスフィートも今からでは助からないと思っている。コウヤがどれだけ強くても、それは強さであり、時間を短縮できるわけではないのだから。

しかし、ここでもコウヤは頼りになり過ぎる少年だ。

「はいっ。では行って参ります」

辞《じ》することを笑顔で告げると、次の瞬間には、コウヤは打ち上げられたように西の方角の空高く舞い上がっていた。

「は!?」

「えぇぇぇっ!?」

レンスフィートとメイドの声を遥か下に置き去りにして、コウヤは飛距離と入射角を計算しながら今度は斜めに落下していく。

「あ、みっけ」

ジャイアントハリーが、驚くエルフの少女へ向かって転がろうと丸くなり始めたのを、視界に認めた。恐らく、コウヤが着弾する時には硬化が完了しているだろう。速度を上げて衝撃を強める備えをする。

ジャイアントハリーへと両手を突き出し、コウヤは弾丸のような勢いで過《あやま》たずに突っ込む。その手にはいつの間にかペーパーナイフが握られていた。電撃を流し、一撃必殺を狙う準備も整っている。

青白く光るペーパーナイフは、流星が空を駆けたように見えるだろう。そして予想通り、丁度硬化が完了したタイミングでジャイアントハリーの首元に突き刺さった。

《ピギャッ》

反射的に出た鳴き声が響く。

コウヤの突っ込んできた勢いにより横倒しにされ、ジャイアントハリーはそのまま絶命した。

「よっと」

「……っ……」

　突き刺さったペーパーナイフをそのままに、コウヤはジャイアントハリーの巨体の上から飛び降りる。まだペーパーナイフには電撃が残っており、しばらく放置する必要があるのだ。

　降り立った目の前には、尻餅《しりもち》をついたまま固まっているエルフの少女がおり、コウヤを呆然と見上げていた。

「えっと、ナチさんで間違いありませんか？」

「っ……」

　彼女は警戒しているらしく、キッと睨《にら》み返してきた。その姿を改めて確認すると、すぐ側に、転んだ拍子に手放してしまったらしい、肩がけの小さな籠があった。その周辺には薬草類が散らばってしまっている。やはり、彼女は薬の材料を集めに来ていたのだと知って、コウヤは笑みを浮かべた。

「その薬草は、フェルト様のためですね」

「っ⁉　な、なんで……っ」

　ようやく発せられたのは、見た目通りの少女から女性に変わろうという間の、あどけなさの残る高い声だった。だが、エルフは見た目通りの年齢ではないので配慮が必要だ。子どもに見えるからといって、子ども扱いしてはならない。

「あなたがこの危険な森に入ったと知って、お屋敷の方が俺に助けを求めたんです。ご無事で何よりでした」

「……」

安心したという心情のままに笑みを見せれば、彼女は強張《こわば》っていた肩の力を少し抜いたようだ。

それを見て、コウヤは数歩近付くが、すぐに彼女はまた警戒するように体を強張らせた。

「あ、すみません。これ以上は近付きませんのでそんなに警戒しないでください」

「……どうして……」

困惑するナチに、コウヤは正直に答えた。

「えっと、あなたが奴隷であったことは、レンス様――ガルタ辺境伯様からお聞きしましたので、警戒されるのももっともだと思います」

エルフの奴隷となれば、愛玩物《あいがんぶつ》として扱われるのが慣例だ。男性に対する恐怖心があってもおかしくはない。そうでなくとも、人に対しては怖がるだろう。足の怪我も、わざと後遺症が残る状態にされたのではないだろうか。

「お気遣い感謝します。でも、あなたは男だけど怖くない。それよりも、あれを一撃で倒すことの方が脅威で……それに、どうやってここに……」

「ジャンプしてきました」

「……申し訳ない。よく聞き取れなかった。ジャン……何？」

聞き直されたので、コウヤははっきりと笑顔で答えた。

「はい！　辺境伯様のお屋敷の庭からジャンプして、ここに降りてきました。久し振りに思いっきりジャンプできたんです。山とか、町一つ跳び越える練習をしておいて良かったっ」

経験って、どこで役に立つか分かりませんよねと、のほほんと笑った。

「……そう……耳がおかしくなったか……」

ボソボソと呟く彼女の自問の声は、コウヤには聞こえなかった。

気を取り直したらしい彼女は、ゆっくりと立ち上がると改めて深々と頭を下げた。

「助けていただき感謝する。あなたみたいな強くて若い冒険者……冒険者？」

コウヤの姿を確認して、ナチは首を捻る。コウヤは現在もギルド職員の制服を着ている。職務中ではないので、腕章《わんしょう》だけは付けていない。

「あ、俺はこの町の冒険者ギルドで職員をしています。コウヤです。よろしくお願いします！」

「ギルド職員……流石は辺境……冒険者よりも強い職員がいるなんて……」

これはコウヤにも聞こえた。

「そんなっ。冒険者の方みたいに勇敢《ゆうかん》じゃありませんもん。強くなんてありませんよ」

コウヤとしては、あくまでも戦闘職な冒険者達には敵《かな》わないという認識だ。照れたように頭を掻きながら、そういえばと思って、刺さったままになっている得物へ目を向ける。同じようにナチもそれを見上げた。

「勇敢じゃない人が飛んできたりしないと思う」

そんな呟きを背に受けつつ、もう一度小山となっているジャイアントハリーの上に登った。

「本当にたまたまですよ。ジャイアントハリー君とは、昔よく付き合いがあったので、怖くなかったんです」

話しながら、コウヤは一気にその得物を引き抜いた。ついでに血抜きもしておこうと、そこに手をかざす。

「付き合い？」

「はい。彼らに木の伐採《ばっさい》を手伝ってもらったんですよ。ほら、俺が一本ずつ伐《き》るより断然速いじゃないですか」

コロコロと転がって、木を折り倒してもらったのだ。もちろん、そんなに友好的ではない。相手はコウヤを倒そうと必死だった。それを笑いながら利用していただけだ。

「ただ、調子に乗って山一つ丸裸にしたら怒られましたけどね。あ、でもちゃんとその後に植樹《しょくじゅ》したんですよ？　今はもうそこも元どおりです。あの時の徹夜もキツかったなぁ」

「……」

絶句するナチに気付くことなく、それも懐かしい思い出だと、コウヤはしみじみ頷いた。

コウヤはジャイアントハリーの血抜きを終えると、地面に降り立ち、また解体せずに亜空間にそのまま収納した。

「っ、空間魔法……っ」

ナチが息を呑んでいたが、コウヤはその時はせっせとペーパーナイフの汚れを布で擦り落としていた。

「またこれ使っちゃった。もうこの際だから、武器にもなるペーパーナイフを作っちゃおうかなぁ」

大きさや長さを変えて数本持ち歩けたら良いかもしれない。

「うん。その方がギルド職員らしいよねっ」

「……」

ペーパーナイフを見てうんうんと頷きながら顎を撫でるコウヤに、ナチは変な人だという印象を受けていた。

そして、そこで彼女は思わず鑑定を使ったのだ。

「っ……え……」

名前……コウヤ
年齢……12
種族……？族

レベル……37？
職業……？？？、半？？、ギルド職員
魔力属性……火、風、水、土、光、闇、聖、邪、空、無
スキル・称号……ゼストラーク神の加護、エリスリリア神の加護、リクトルス神の加護、技巧士、治癒士、武闘士、？？？、神匠の直弟子、自己再生、武器絶対相性、隠蔽、？？？、神々の愛し子、可愛い末っ子、聖魔を合わせ持つ者、？？？、無限の可能性を秘めし者

「あ」

鑑定されたことに気付いたコウヤは、しまったと思った。彼女の反応からすると、恐らく『鑑定【極】』を持っている。人族にはほとんど【極】までいった者はいないので油断していた。彼女はエルフで薬学にも通じているのだから、熟練度が高くても不思議ではない。

隠蔽スキルは、ステータスを書き換えるためのもので、これは同等以上の熟練度の『鑑定』スキルによって看破《かんぱ》されてしまう。しかし、今回はレベルに大きな差があったために、完全な看破とまではいかなかったようだ。しかし、それでも彼女の鑑定の熟練度は【極】なのだ。隠蔽を施《ほどこ》した多くの場所が読み取れないだけで、偽っている項目があることは分かってしまう。

「種族を隠蔽するなんて……あなたは一体……っ」

ナチは鑑定を使ったことを隠さなかった。コウヤの見た目はどう見ても人族だ。他の種族の特徴がない以上、偽る必要はない。それなのに彼女には見えないのだ。不審《ふしん》に思うのは当然だった。

コウヤは油断していた自分自身に落ち込み、更にこの状況を見ているであろう者達にあとで呼び出されるのだろうな、と屈み込んで頭を抱えた。

神界にいる三人の保護者達は、別々に説教をしてくれる。それがちょっとだけ苦手なのだ。もちろん、まとめて三人同時にされるのは心から遠慮したい。

「あ~、また、詰めが甘いってリクト兄に怒られる……」

特に口うるさいのがリクトルスだ。

「兄さんはな~、こういうのすっごく気にするから……」

きっと講義が始まる。それも軽く二時間コースだ。嫌ではない。嫌ではないのだが、神界ではコウヤが長居できないので、この場合は今夜にでも夢に現れるだろう。

会えるのは嬉しいものの、懇々《こんこん》と諭《さと》されるように反省を促された後、隠蔽のスキル熟練度を最上位まで上げるように指導されるのが容易に想像できた。

隠蔽のスキルは熟練度を上げるのが難しい。ステータスを消すことはできず、あくまでも書き換えなくてはならない。そしてこれが簡単ではなかった。

書き換えるためには、現存する多くのスキルを知識として理解し、万が一にもボロが出ないように注意する必要がある。書き換えられる内容も熟練度によって変わってくるので奥が深い。

熟練度を表すと、下から【小】【中】【大】【極】となる。現代の地上では、この四つのみだと思われているが、実はその上に【越《えつ》】、【臨《りん》】、【神《しん》】がある。リクトルスが言う最上位とはこの【神】のことだろう。コウヤであっても、そこまで上げるのは数日かかりそうだ。

一人思考にはまってしまったコウヤを見て、ナチは怯えていた。

勝手にステータスを見てしまったこともそうだが、人族でない場合は一体何なのか。時折話に聞く、エルフやほかの種族と人族の混血児ではないかとも思ったが、混血児として生まれた者は、特性の出た方の種族の名前が表示される。それならば、人族の姿をしているコウヤは、間違いなく『人族』と表示されるはずで、それを隠蔽する理由が分からなかったのだ。

いつの間にか再びへたり込んでしまっていたナチは、混乱の中、地面に額《ひたい》を付ける勢いで体を三分の一に折りたたんでいた。つまり、最上位の謝罪を示すアレの体勢だ。

「え、あれ？　土下座《どげざ》？」

コウヤはちょっとびっくりした。土下座されるシチュエーションなんて前世でも経験したことはない。驚くほど居《い》た堪《たま》れなかった。見た目も自分と近い十代半ばの少女だ。悪いことをしたわけでもないのに、誰かに見られるのを警戒して周りを見回してしまう。

「ちょっと、ナチさんっ。お願いですから頭を上げてください。鑑定持ちが咄嗟に怪しいと思った人に対して鑑定を使ってしまうのは条件反射のようなものですし、反省されているのは分かりましたからっ」

鑑定を持っている者は、自衛の一つとしてこれを発動しやすい。そんな事情は理解しているので、コウヤは特に責めたりはしない。

しかし、ナチはそれでは納まらなかったようだ。

「いけない、です。無作法《ぶさほう》をしたのはこちらだから……そのお詫びになるとは言えないけれど、私のステータスを開示させていただく。『ステータス、オープン』」

コウヤの目の前に、液晶《えきしょう》パネルのような透《す》けて見える青白い光の板が浮かぶ。そこには彼女の情報が表示されていた。

名前……ナチ
年齢……120
種族……エルフ族
レベル……85
職業……邪神？の巫女、メイド見習い
魔力属性……風5、水3、土3、光2、闇2、聖3、邪2
スキル・称号……鑑定（極）、気配感知（中）、魔力技能（大）、弓術（大）、調薬《ちょうやく》（大）、自由を求める者、試練を受けし者

最初にコウヤが思ったのは、女性に対して失礼だが、やっぱり年上だったという感想。

そして、その次に職業に目がいった。

「……邪神の巫女？」

「あっ！」

今度は彼女がうっかりしていたと頭を抱える番だった。青ざめ、口元を両手で覆って目を潤ませる。それを見下ろしている罪悪感が半端《はんぱ》なかった。

「え～っと、とりあえず落ち着きましょうか。ちゃんと息をして、肩の力を抜きましょうね？」

「っ……」

コウヤは屈み込み、彼女と目線を合わせる。まだ近付くのはまずいかと距離は取ったままだ。

「も、申し訳ありません……っ、こ、殺さなっ……」

「殺すなんて物騒《ぶっそう》な。そんなことしませんよ。俺はナチさんを迎えに来たんですから。そろそろ西門の所に、同僚のメイドさんが迎えに来ているはずですよ。帰りましょう」

「っ、でも……わ、分かりました」

真摯《しんし》に語りかけた結果、変に強張っていた彼女の体から力は少し抜けた。いつまでも地面に座らせておくのも問題だと思ったコウヤは、そこで大事なことを思い出す。

「そういえば、足がお悪いと聞きました。お嫌かもしれませんが、抱えてもいいですか？　どうも、あのハリー君のお連れさんが近付いてきているみたいですし」

「あっ……っ」

彼女もそれに気付いたのだろう。気配感知【中】ならば、充分に捕捉できる範囲だ。ということは、そろそろ姿が見える距離である。

「これは、急いだ方が良さそうです。とりあえず薬草はこっちで回収しますね。緊急事態なので失礼しまぁす」

「っ⁉」

地面に散らばっていた薬草を回収して亜空間に放り込み、ナチが声を上げる前に素早く横抱きにしてその場を駆け出した。

「っ……魔工っ」

腕の中のナチが、しばらくしてコウヤの顔を見上げ、驚愕《きょうがく》していたことに、この時はまだ気付かなかった。

コウヤは、ナチを抱きかかえたまま森を駆け抜ける。

駆け抜けるとはいっても、コウヤの認識での『駆ける』なので、木から木へとほとんど直線で跳び進んでいる。

「お、重くない……ですか……」

「いえ、まったく。暴れたりされなければ問題ないですよ」

「そう……ですか……」

飛び跳ねて移動しているというのに、ナチは振動をほとんど感じていない。まるで猿のように屈伸を上手く使って移動するコウヤは、ハタから見ても軽々と跳躍《ちょうやく》していた。

「ナチさん、俺はかなり年下ですし、ただのギルド職員なので、敬語にしなくても良いですよ？」

少し前までの彼女は、ぶっきらぼうにも聞こえるような独特の言葉遣いだった。恐らく、メイドとして雇われてまだそれほど時が経っていないのだろう。それでも、ここへ来てなぜか語尾を変更、付け足すという変化をコウヤは不思議に思っていた。

「いや、いえ、その……不躾《ぶしつけ》ではありますが、お聞きしてもよろしいでしょうか……」

「どうぞ？」

もうすぐ西門が見えてくるという位置で、そんなことを言われてコウヤは軽く答える。

「あなたは……あなた様は、魔工の神、邪神様ではありませんか？」

「っ！」

コウヤは驚いて木から地面に降りる。あのまま木から木へと跳ぶには危険だと思えるくらいには動揺していた。

「どうしてそう思われたんです？」

足を再び動かしながら、コウヤはナチへ問いかける。彼女の揺れる瞳が怯えの色を見せており、極力声音《こわね》を柔らかく保つよう気を付けた。

「私は……邪神の巫女。生まれた時からそう……でした。だから里を出、ました。邪神様の……いつかお帰りになる邪神様の存在を人々に教えるために」

その瞳に、強い光が宿った。言葉以上に、その思いが真実であることをコウヤに伝えてくる。

「……なぜ？」

コウヤは思わず尋ねていた。

「魔工の神であられた邪神様は、邪悪な存在ではない。この世界に秩序と理知《りち》をもたらす神。本来ならば、全ての者達が祈りを捧げ、その存在に敬意を表するべき神、です。それなのに、人族達が崇めるのは、当然のように邪神様を除いた三神のみ。許されることではない、です」

分かりやすく言うと、彼女は布教活動のために里を出てきたということだろう。ここまで讃《たた》えられると、コウヤは土下座されるよりも居た堪れなかった。赤くなる顔を必死で背《そむ》ける。

「え、えっと……そ、そうだ。それでなんで俺がその、邪神だと？」

誤魔化すように口にすれば、真っ直ぐにナチの視線が注がれた。

「私は邪神の巫女。分かる、ります」

「……そうなんだ」

その強い確信に満ちた目はなんだろう。勘というやつではないだろうかとか、すごいなその自信とか、コウヤは色々と感心してしまった。

「それで、邪神様は……っ」

「その邪神っていうのやめて欲しいかな」

常々思っていた言葉が咄嗟に出てしまった。

「し、失礼しっ、いたしましたっ」

しまったと思った時には遅かった。真っ青になったナチの体はガチガチに力が入ってしまう。触れているからよく分かった。

「えっとね。怒ってるわけじゃないんだよ？　ただ、俺は本来『魔工神』なんだ。ほら、邪神って言われると、なんかオドロオドロしいっていうの？　人型さえ取れないバケモノ的なイメージじゃない？　そこへいくと『魔工神』だと魔人っていうか、強いぞぉっ！　っていう人型のイメージ？になるなって。やっぱそっちの方がカッコいいっていうか」

「はあ……」

はっきりとした同意は得られなかった。

だが、コウヤとしては切実にそう思っている。普通に『魔工神』ってカッコいいよねと。イメージはなぜか巨大ロボヒーローなのだが、それはこの世界の人に言っても伝わらないので口にしない。

「それにさ、前から思ってたんだけど、ほら、ナチさんの職業も『邪神の巫女』ってなってるでしょ？　本来、それが俺の巫女ってことなら『魔工神の巫女』になるはずじゃない？」

「確かにそう……です」

邪神がコウヤを指すのならば、表示は『魔工神』になるはずなのだ。

「そうならないのは、世界の認識。つまりこの場合、人々の認識だね。それが『魔工神＝邪神』ってことになってて、邪神って認識してる人が多いってことだと思うんだ」

彼女は『邪神の巫女』という表示を見たコウヤに対して怯えていた。それを考えると、人々の間でこれが知られると良くないイメージを持たれるということだ。

「だから、みんなの認識を変えられれば、邪神っていう言葉はなくなると思うんだよね～」

「……」

邪神という言葉が昔のように『魔工神』に変われば、信仰も得られ、この世界には正しく四神信《ししん》仰が再び根付くだろう。それが、彼女の狙いでもあるはずだ。

「はっきり言って、俺はどっちでも良いんだけど、やっぱりゼストパパ達が気にしてるし、信仰が強まれば、俺も早く神族に戻れるらしいんだ。百年単位で気長にやっていこうと思ってたんだけど、今のままだと神界に長くいられないから、エリィ姉達に手料理を食べてもらうとかできないんだよね～。それがちょっと残念で」

「……手料理」

料理の知識は日本で培《つちか》った。実践はこの世界に帰ってきてからだったが、毎日欠かさず料理番組を観た成果を、やはり家族に披露《ひろう》したいものだ。

一刻も早く神族に戻るという目標の根本にあるのが『家族に手料理を振る舞いたいから』というのは、今まで口にしていなかった。この密かな野望が今、神界にいるゼストラーク達に伝わり、三人が共に嬉し涙を流しているとは知らないコウヤだった。

そうして、ここまで思うままに話したコウヤは、最も重要な点に気付いていなかった。

「それではその……やはり、コウヤ、様が邪、魔工神様で間違いない……のですね」

「……あれ？」

誤魔化すという考えすらどこかへ行っていたことに、コウヤは今更ながら気付いた。

当然、『今のは忘れて』なんて通じるはずがなく、コウヤは自らがかつて邪神として葬《ほうむ》られた魔工神であると認めるしかなかった。

「あ～、けど、他の人には内緒にしてね？　怖がらせちゃったりするの嫌だし」

「は、はいっ」

ナチは嬉しそうにする反面、秘密にしなくてはならないということに緊張しているようだ。復活を望んでいた神に会えた喜びを表したいのに、失敗して引き攣った表情になってしまっていた。

「そんな気負わないでいいよ。それと、俺もこうやって話すから、ナチさんも敬語とかやめて欲しいな。やっぱり不自然でしょ？」

門まであと少し。ここはしっかりお願いしなくてはと思っているコウヤだ。彼としては、今のギルド職員として生きることにやり甲斐を感じている。それができなくなるのは避けたい。

「え、わ、分かっ、た。気を付けま、る」

「面白い言葉が出来ちゃってるよ？」

「だ、大丈夫……心配ない」

何とか落ち着いてきてはいるが、言葉遣いは不安だった。

「名も……コウルリーヤ様でなくて、コウヤ様とお呼び……呼べばいいですか」

「その名前、すごい久し振りに聞いた気がするよ。うん。コウヤって呼んで」

「はい。コウヤ様とお呼び、呼びます」

『魔工神コウルリーヤ』がコウヤの本来の名だ。前世の地球では、何の因果《いんが》か偶然か『洸夜《こうや》』という名前だったし、ゼストラーク達も昔から『コウヤ』と呼んでいたために、本来の名を自分でも忘れそうになっていた。

「そうして。でも、その言葉遣いを直すのは難しそうだね」

「申し訳ないです……」

大分、こんがらがってしまっている。そこで、ナチが現在はメイドであることを思い出した。

「もうこの際、今のナチさんなら、敬語でもなんでも問題ないかな。メイドさんって、普段から敬語使うし」

出会った頃は敬語にするのが難しそうだったのに、今度は敬語から戻せないというのは難儀《なんぎ》な人だなと笑った。

「敬語じゃなくてももちろん良いし、早く慣れてね」

「分か、分かりました」

結局どっちになるんだろうと思っていれば、西門から人が向かってきた。

「コウヤっ、無事だったか」

目の前まで来て、ほっとしたように胸を撫で下ろしたのは、朝にも会った門番の青年だ。

「こんにちは。ちゃんと無事ですよ。あ、お迎え、もう来てますか？」

『無事か』と尋ねてきたということは、辺境伯の家の人間から事情を聞いたのだろう。どうやら迎えの馬車はもう到着しているらしい。

「ああ……西の森に入ったと聞いて焦ったぞ。そっちのお嬢さん……も無事だな」

この西門から出て行ったナチは、門を通る時に見せた身分証にエルフとあったことで、森歩きも問題ないだろうと通したそうだ。この辺境の町にやってくるのはわけありの者ばかり。一言気を付けるようにと告げはするが、門番は無理に引き止めはしない。

だが、それが領主邸《てい》で雇われているメイドだとあとから知って心配にはなったようだ。コウヤの方も、彼には見た目通りの少年に映っているので、焦ったというわけだ。

「心配してくれたんですか？」

「当然だろ、全く、無茶するなよ？」

「はいっ」

素直に返事をすれば、青年は苦笑を浮かべた。この顔は多分、信用していない。リクトルス達がたまにする顔と同じだ。釈然としない。

「そういえばお兄さん、この時間ならもう上がってるんじゃないんですか？」

早朝にも顔を合わせたということは、昼過ぎの今はもう勤務時間を過ぎているはずだ。そこではっとコウヤは思い当たる。

「あっ、まさかお兄さんも時間外労働ですか？　気付かない時ってありますよね〜」

いつの間にか勤務時間を過ぎているなんてことはしょっちゅうあることだ。自分だけじゃないんだなと嬉しくなるコウヤだが、彼は違うらしい。

「……ないよ。普通は交代が来るから分かる。気付かずに丸一日働き続けるのはコウヤくらいだ。食事も忘れるって聞いたぞ」

「俺ってそんなうっかりじゃないですよ？」

「……」

腕の中のナチが真顔で見つめてきていた。その目は『うっかりさんじゃん』と伝えている。そういえば、ついさっきうっかりで魔工神だとバレたばかりである。

更には今朝、空腹で帰ってきたというのに、それを忘れて仕事に夢中になっていた前科ありだ。それらのことをはっきりと思い出して、コウヤはちょっと反省する。

色々察したらしく、呆れた様子で門番の青年が溜め息を吐く。

「俺は帰ろうとしたところで知り合いとすれ違ってな。事情を聞いて戻ってきたんだよ。ほら、あっちで待ってるぞ」

彼が指さした先には、普段フェルトのそばにいる一人のメイドの姿があった。彼女が迎えのようだ。使用人も使える小さい馬車で、本人が御者《ぎょしゃ》をしてきたと見える。足の悪いナチのためにレンスフィートが許可を出したのだろう。

そこでふとメイドさんと目が合ったコウヤは、ピンときた。

「お兄さんの知り合いって、あのメイドさんですか？」

「っ、そ、そうだよ。あいつは幼馴染で……って、別にいいだろっ。ほれ、早いとこ行け。俺ももう帰っからっ」

ちょっと耳が赤くなっていた。彼はとても分かりやすい人だ。

「え？　送ってもらえません？　お兄さんのお家、東の方でしたよね？　馬車を女性に頼むのはちょっと……」

「こ、コウヤがやればいいだろっ」

「俺、解体屋さんに寄りたいんです。一足先に二人を送ってくださいよ。お兄さんも疲れてるでしょ？　歩くより断然良くないですか？」

「うっ……」

これはコウヤの勝ちのようだ。

「分かったよ……でも、あいつに説明してくれよ？」

「もちろんです。よろしくお願いしますっ」

聞いてみたところ、メイドさんの反応も上々。問題なさそうなので、ナチを馬車に乗せ、青年に二人を任せる。それを見送って大きくノビをした。

「はぁ、良い仕事をしました。さてと、ハリー君の解体を頼も～っと」

やり切ったような清々《すがすが》しい気分で、お馴染みのファンキーな解体屋へと足を運ぶのだった。

特筆事項③　薬師の勧誘に成功しました。

奥に声を掛けながら店に入った途端に、何かがコウヤの胸に飛び込んできた。

「んん!?」

咄嗟に受け止めて抱えたが、それは真っ赤な血に染まった木の箱。腕で抱えて丁度良いくらいの、宝箱《たからばこ》のような見た目のしっかりした箱だった。

それがどうして飛んでくるのかと考えていると、その宝箱の蓋《ふた》が自然と開いた。中には亜空間のような青白い光があり、コウヤがそれを確認した直後、パクパクと自動で蓋が浅く開閉する。

そして、一度閉じられた宝箱の蓋の、カーブしている部分に、光の文字が浮かび上がる。

《あるじ！　やっとみつけた！》
これによって唐突に思い出す。
「パックン……？」
はっきりと表示された横文字。呆然とそれを見つめていると文字が変わった。否、最初に表示されたのは凛々《りり》しい顔文字だった。
《(￣^￣)ゞパックンさんじょう!!》
それは、魔工神コウルリーヤの眷属《けんぞく》であったミミック。名を『パックン』といった。

コウヤには、かつて三体の眷属がいた。

地上に降りるからには、護衛にもなる者がいるとゼストラーク達が生み出し、つけられた者達だ。そのうちの一体が、ゼストラークが生み出した『空』の属性を持つミミックの『パックン』だった。

「なんで……血だらけなの？」

体に血が染み込んでいて、とっても生臭くなってしまっている。

そこに、解体屋のオヤジさんがやって来た。どうやら、パックンを追って来たようだ。パックンは明らかに店の中から出てきたのだから。

「コウヤぁよぉ、そいつはミミックぅ、危険だぁよぉ。退治《たいじ》ぃ、タイジぃ」

ノリノリだった。

「あ、いえ、これは俺の……昔契約していた従魔《じゅうま》のパックンです。退治の必要はありませんよ」

魔獣を従えることのできる従魔術。これもコウルリーヤが倒れたことで、薬学同様に衰退《すいたい》しては いるが、使い手がいないわけではない。話としては納得してくれるはずだ。

予想通り、オヤジさんはそうかと納得してくれた。若干、残念そうではあったが。

「このパックンの解体はしないでくださいね。代わりに先ほど倒したばかりのジャイアントハリーを……」

「出せ、出せよぉ、よぉぉぉっホォォォ！」

「はい、出します」

今日はなんだか普段より機嫌が良いようだ。

案内されたのは、キメラを任せた作業部屋。そこでは、数人のお弟子さん達が未だ作業中だった。

「あ、コウヤ君、ちわ〜っス。そのミミック大丈夫でした？」

一人の青年がコウヤの腕の中にいるパックンを見て尋ねてくる。キメラが倒せるコウヤならば、ミミックくらいどうにでもできると思っているのだろう。特に警戒もしていなかった。彼らもコウヤが強いことは知っている。

「はい。昔、従魔にしてた子だったんです。どこにいました？」

そう話しながらも、包丁を持ったオヤジさんがスタンバイしているのでジャイアントハリーを出す。

「ヒャッホーウ！　硬化、コウカ直後ぉぉ！　ナイスだゴぉぉぉ！」

「コウヤ君が持ってきたっていうキメラの腹からだよ」

「イヤッホーっ!!」

「そうでしたか。パックン、よく溶けなかったね」

「ハリー、ハリー、ハァーリーィイイ！」

「でもスゴイね。コウヤ君を探してたのかな？　今は従魔じゃないってことでしょ？　魔物が昔の主人を追ってきたって話、聞いたことないよ」

「イーヤァアアッハァア！」

「はは、俺もビックリしました」

後ろがうるさいが、ここではこれが普通だと慣れてしまったコウヤ達だ。唯一この場に慣れていないパックンは、怯えたように少し震えていた。

「ちょっとそこの端の場所、お借りしても良いですか？　この子、キレイにしてあげたくて」

「いいよ、いいよ。好きに使って」

「ありがとうございます」

部屋の隅《すみ》に行き、パックンを床に下ろすと、まずは契約がどうなっているのか気になり、ステータスを確認することにした。

「パックン、ちょっと視《み》るよ？」
《d(￣ ￣)》
表示された顔文字を確認して、屈み込んでパックンを見つめた。部屋が広いお陰で、オヤジさんの声も遠くなったため、落ち着いたようだ。

種族……ミミック（神の眷属）
レベル……560
呼称あり……パックン
魔力属性……空10
スキル・称号……無限収納（神）、伸縮自在（極）、偽装（極）、言語理解（大）、絶対防御自衛（極）、魔力操作（極）、彷徨《さまよ》える者、最上位種（同種）、邪神（魔工神）の眷属

魔物や魔獣のステータスは項目が違ってくる。年齢や名前はない。パックンの場合は呼称があるのだが、上位種であってもそれがあるものは少ない。
呼称がある場合は、世界に存在が強く認められたということになり、より強い力を持つようになる。パックンのようにスキルや称号がこれだけあるのは、呼称ありのものでも極一部だ。
「パックン、強くなったねぇ」
《いっぱいたたかった》
パックンは、コウヤが倒れた時に休眠状態になった。運良く誰にも見つからない遺跡の中にいたために、コウヤがこの世界に戻って来るまで無事だったようだ。
「『彷徨える者』って、もしかして、探させちゃった？」
《さがした》
「そっか……他の子も探した方が良いかな」
《(￣3￣) そのうちくる》
パックンとしては、自分のように探すべきだと言いたいのだろう。
「う～ん……なら、待ってようかな」
《それでいい》
コウヤがたまたま倒したキメラの腹の中にパックンがいたのだ。もしかしたら、出かけた先で残りの二体にも出会うかもしれない。パックンもそれなら文句を言わないだろう。
「さて、キレイにしようか」
《おねがいします……》
「お任せされます」

そうして、染み付いてしまった血や汚れを、コウヤは魔法で浮かせて落とした。なんだか少し湿《し》気《け》ってもいたので、しっかり乾かしておく。ついでにパックンを抱えたことで付いてしまった自分の服の汚れも落とした。この後、また領主の屋敷に行くので気を付けなくてはならない。

「よしっ、完ぺき！　キレイな白だね」

《キレイ！》

パックンは真っ白な木の箱となっていた。縁取りしている黒い金具が白さを一層引き立てている。普通のミミックは真っ黒だったり茶色だったりするので、やはり他とは少し違う。

「ついでにここで一応、従魔契約もしておこうか。俺は今はまだ本来の力を取り戻してないからね。いいかな」

《もちろん！》

そうして、従魔術を発動させ、パックンを従魔にした。

「従魔の登録は……今、ギルドに行くのはやめた方がいいかな。とりあえず、間に合わせでこのハンカチを付けておくね」

取り出した白いハンカチを、片方の取っ手に結びつけた。

《かわいい？》

「うん、かわいいよ」

従魔であることを証明するために、登録ナンバーの入ったリングや首飾りを付ける必要があるのだが、旅先で契約して登録ができない時はバンダナやハンカチで代用する。

「それじゃあ、行こうか」

《いく〜》

パックンは嬉しそうに数回跳ねた後、立ち上がったコウヤの後ろに回る。そして、ベルトに自身の背中側をくっ付けた。大きさも小さくなり、鞄《かばん》と言って差し支えないものになった。

「そういえば、移動する時はこういう風にしてたね」

《せなかはまかせろぉ》

「ふふふっ、見えないけど、なんでか言ってることが分かるのも思い出した」

こうして、腰の後ろにミミックを付けたコウヤは、オヤジさん達にまた来ますと伝えて元気に店をあとにした。

◆　◆　◆

お屋敷の前では、ヘルヴェルスが今か今かとコウヤを待ちわびていた。コウヤの姿を確認すると、すぐに駆け寄ってくる。

「コウヤ！　飛んで行ったって聞いてびっくりしたよ。怪我は？」

「ないです。驚かせてすみません」

「いいや、ん？　そのカバン……」

屋敷に向かいながら、コウヤの背に手を回し、ヘルヴェルスは手に当たったものに気付いた。見たことのない木の質感のカバンが気になったらしい。すると、その箱の上部に青白い光で文字と顔文字が浮かび上がる。

《こんにちは(^ω^)》

「え⁉　こ、こんにちは？　ん⁉」

反射的に挨拶を返したヘルヴェルスだが、驚いてコウヤから距離を取った。

「あ、すみません。ここへ来る時に解体屋さんに寄ったんですけど、キメラのお腹の中に、昔俺が従魔にしていたこのミミック……パックンっていうんですけど、この子がいたらしくて」

「ミ、ミミック？」

恐る恐る覗き込むようにして再びパックンを見つめたヘルヴェルス。

《かみつかないよ？》

「え、あ、そ、そう。ごめんね。ヘルヴェルスだ。ヘルと呼んでくれ。よろしくパックン」

《(*^_^*)よろしくです！》

無事、パックンに受け入れてもらえたようだ。

「それにしても、白いミミックなんているんだね。それも言葉を理解するなんて」

「上位種ですから他と違うんですよ」

「なるほど、それなら色が違うのも頷けるね」

本当は神の眷属だからですとは言えず、それでも嘘は言っていない。

屋敷に入ると、皆が待っているという応接室へ通された。そこには、フェルトアルスやティルヴィス、レンスフィート、戻ってきたナチもいた。彼女は、先ほどは外出用の外套《がいとう》を羽織《はお》っていたが、今はもうきっちりと汚れもないメイド服で控えている。

「お待たせしてすみません」

「いや、ナチも無事だったようで何よりだった。流石に突然飛んで行ったのには驚いたがな」

レンスフィートに苦笑交じりで指摘され、コウヤは面目《めんぼく》ないと頭を掻く。目の前の低いテーブルを挟んだ向かい側には、レンスフィートと強面《こわもて》の男性が腰掛けており、レンスフィートの斜め後ろには、家令のイルトが立っている。

フェルトアルスやティルヴィス、ナチをはじめとした他の使用人達は、少し離れた、窓に近い小さなティーテーブルの方にいる。椅子に腰掛けて向かい合うフェルトアルスとティルヴィスを囲むような形だ。

「コウヤも疲れているだろうが、彼に話をさせてほしい」

「はい。えっと、こんにちはゲンさん」

紹介された強面の男性は、薬師のゲンだった。フェルトアルスの懐妊が分かり、すぐに来てくれたようだ。

「……コウヤ、お前、なんでコレを最初っから出さなかった……」

「それですか？」

ゲンが、ただでさえ強面な顔をしかめて提示したのは、コウヤがレンスフィートに、薬師に渡してくれと頼んだ古代エルフの薬学書を翻訳した一部。ゲンが駆けつけてすぐに、役立つようにと先に渡したのだろう。

「そうだよ！　てめぇがコレを持ってるって知ってりゃぁ、俺はなぁ！」

立ち上がって詰め寄ろうとするゲンを、レンスフィートが押し留める。

「これこれ、コウヤに怒鳴るな。すまんな、コウヤ」

「いえ、でももしかして、これでギルドの側への誘致の件、了承してもらえるんですか？」

「うっ」

これまで何度も断られてきたのだ。ようやくかと、コウヤは期待して思わず笑みを浮かべ、確認するように首を少し傾ける。これにゲンは明らかに動揺した。

「お、俺だってこの町のためになりてぇよ。けどなぁ、絶対《ぜって》ぇ俺だけじゃ手が足りなくなんだろ……それに、俺みたいな顔した奴が店番してちゃ、誰も近づかねぇよ」

どれほど強面かというと、冒険者達でも避けて通るほどだ。そう見えるのにも理由はある。

「古代エルフの薬学書には『部分欠損《けっそん》再生薬』の調合法があるって聞いた……この左目を……治してぇんだ」

ゲンの顔には、若い頃に負った大きな傷がある。左側の額から顎近くにかけて、真っ直ぐに切られたようになっている傷だ。左目は開かず、それが実年齢にしては体格の良いゲンに、更に凄味を与えてしまっている。

治癒魔法で治癒できる傷は、丸三日以内についたものがせいぜいだ。それも、部分的な欠損を再生させられる者は、残念ながらコウヤ以外には今はほとんどいないだろう。そして、できたとしても、治療費と時間が驚くほどかかる。

それに対して薬は、何年経った傷でも治すことができる。ただしこちらも傷によっては長くて一日かかり、更に痛みを伴《ともな》う。それでも、薬の方が手軽で、正気を失うほどの痛みではない。薬師の腕によっては、その痛みが少なかったり、治るまでの時間が短縮されたりする。

ゲンはずっと研究していたのだろう。冒険者をしながら世界中を歩き回ったらしい。だが、その手がかりを手に入れれば入れるほどに、希望が失われていった。

研究しようにも材料さえ手に入らないかもしれない。古代に既に消えてしまった材料もあるかもしれないと知り、いつしか諦めてこの場所に流れ着いたのだ。

「頼む、本当に欠損を治す薬ってぇのがあんのかどうか、俺が人生をかけて求めた答えがこの世界に存在するのかどうかだけでも教えてほしい。そうすりゃあ、俺にはもう思い残すことはねぇ。これから人生最期までこの町のために尽くそうじゃねぇか」

本当は、もうあってもなくても構わないのだろう。けれど、自身が人生の大半をかけて探してきたものが現実にあるのかどうか。それだけは確認したい。古代エルフの残した調薬は難しい。だからこそ、知ったところで作れるとは思えないのだろう。それでもと願う真っ直ぐな一つだけの瞳。そこには、自身の生き様にケジメを付けようとする強い信念が見えた。

コウヤはそれに嬉しくなって満面の笑みを見せる。

「っ……！」

これこそがコウヤ達、神が望むもの。眩しいほどの魂の輝きが見えた。

「あなたならできますよ」

「っ⁉」

ゲンを見つめるその瞳が、神秘的な光を宿す。ゲンやレンスフィートはそれに見惚れていた。

コウヤは小さく亜空間を開けると、中から一冊の分厚い本と一本の鳥の羽根を取り出した。

本をペラペラと少しめくり、特定の項目を見つけて、そこに羽根を栞《しおり》として挟む。そのまま、コウヤを見て呆然と動きを止めてしまっていたゲンへと差し出した。

「羽根を挟んである所が部分欠損の、目を治すための薬の調合が記されたページです」

「なっ⁉　本当に、本当にあるのか⁉」

先ほどコウヤから感じた神秘的な感覚も忘れ、喜びに目を見開いたゲンは、そのページを開き、次の瞬間固まった。しかし、これにそれを予想していたコウヤは笑みを浮かべたまま説明する。

「ありますけど、見ての通り古代エルフ語で書かれているんです。まだそこまで翻訳できていなくて。だから頑張って解読してみてください。大丈夫です。ゲンさんならできますよ」

コウヤは実はそこに記された全ての調合を理解している。だが、あえてそれは口にしない。自身の力で理解し、会得《えとく》していくことこそが大事なのだから。

先ほどからゲンは、できると確信を持って言われていることに気付き、弱ったようにコウヤを見つめた。

「なんでそんな……俺にできると思うんだよ」

これに、コウヤはクスリと笑う。

「努力と経験は裏切りませんよ。何より、普段作られている薬を見れば分かります。真摯に薬学に向き合ってこられた方だって。それと、ゲンさんは少しですけどエルフの血を継いでいらっしゃいますよね。だから、時間はかかっても読めるんじゃないかと」

「っ、知ってたのか……そういや、お前は鑑定が使えたな」

「使えますけど、鑑定で分かったわけではありません。そこまで分かりませんよ。ただの勘です」

「か、勘!?」

清々しいほど爽やかな笑みで答えるコウヤに、聞いていた周りも微妙な顔をしていた。正直に言えば、コウヤの世界管理者権限のスキルを使えば、普通の鑑定よりも詳しい種族情報を見ることができる。しかし、本当にここは勘だった。

「はいっ。俺、勘はいいんです。だから、ゲンさんならできるって信じてます。こんなこともあろうかときっと勉強なさっていたでしょう？」

「お、おう……」

若干無理矢理押し切った。

実際のところ、本当に勘なのだから仕方がない。けれど、それは神としての力が働いたもの。何より先ほど、恐らくだがゲンに加護が与えられたように思う。その影響は間違いなく出てくるだろう。それを裏付けたのが、フェルトアルスの側に立っていたナチの様子だった。

「っ⁉　あ、あっ……っ」

「どうしたの？　ナチ」

一番先に気付いたのは、やはり側にいたフェルトアルスだ。

突然、ナチがゲンを見つめて驚愕に目を見開くと、口元を覆って座り込んでしまったのだ。足が悪いせいですぐに立っていられなくなるのだろう。

それは、ジャイアントハリーから助けた時のコウヤを見た時のようだった。周りも不審に思っているようなので、コウヤは混乱を避けるために声を掛ける。それは窘めるというほど強くはなく、優しく注意するように告げられた。

「ナチさん、ダメですよ。反射的に視えてしまったとはいえ、鑑定したことで動揺していては」

「っ、も、申し訳な、ありません……」

相変わらずコウヤに対する時の言葉はおかしかった。

「鑑定か。一体何を見てそんなに驚いたのだ？」

不作法を咎《とが》めるはずのレンスフィートも、そちらが気になってしまっているらしい。ナチが動揺しているため、コウヤが代わって説明する。

「恐らく、ゲンさんにいずれかの神の加護が与えられたんだと思います。鑑定のスキルを持つ者には、加護が与えられた直後の人のステータスが視えてしまう時があると聞いたことがあります」

強い力を持つ情報が書き加えられる時、視ようとしていなくても、その人のスキルがふっと視えてしまう場合があるのだ。

「それともう一つ。鑑定のスキルがなくても血が近い者には、加護を受けたことを感じられてしまうらしいですよ？」

「は⁉」

ゲンが驚いてナチを見つめた。ナチも変わらずゲンを見つめている。

「あくまで噂です。けど、可能性はなくはないと思いますけどね」

「そ、そうか……」

しばらく見つめ合っていた二人だったが、ナチが静かに立ち上がり、頭を下げた。

「失礼いたしました。お許しいただけるのなら、私を弟子にしていただけないでしょうか」

「なっ、なに？」

この申し出にゲンが動揺する。しかし、ナチはその様子を見ることなく、頭を下げたまま続けた。

彼女はもう動揺していないようだ。それは、きちんとした言葉が出てきていることで分かる。

「先ほどのお話をお聞きする限り、私を弟子としていただければ、お店の件も全て解決いたします。どうか、どうかお願いいいたしますっ」

「お、おいおいっ」

慌てるゲンの肩に、レンスフィートが冷静になれと手を置いて、代わりに尋ねた。

「なぜ君はそれを？　何が決め手になったのだ？」

理由を話して欲しいと言うレンスフィートに、ナチはゆっくりと頭を上げ、一度コウヤに伺うように目を向けた。それに小さく頷いてやれば、覚悟を決めた様子で口を開く。

「私はかつて邪神と呼ばれた、魔工神コウルリーヤ様の巫女として生まれました」

「っ、邪神の……っ」

その言葉が少しだけコウヤの心をざわつかせる。その不快感に耐えていると、ナチの声が響いた。

「邪神ではありません！　魔工神様は秩序と理知を司る神。そのような方を倒したために、薬学を始めとする多くの技術や知識が衰退し、失われたのです。エルフ族は長い間、魔工神様の復活を信じ、神々に許しを乞《こ》うてきました」

コウヤは、目を閉じその言葉を聞いていた。最初は驚いていたレンスフィート達も、誰も騒ぐことなくこれに聞き入っていた。

「古代エルフ族の残した知識を知っていても、調薬する力が足りないのです。魔工神様がいなくなったことで、その加護が消えてしまったためです」

加護の力は強い。そして、奇跡のような癒しの力は、神の加護なくしては発現しないもの。エリスリリアの加護がなくては治癒魔法が使えないことと同じだ。

「彼《か》の神は秩序を世界にもたらしました。生と死が正しく同等の意味を成すように、誰かが一方的に搾取するのではなく、全てに等価のものが必要であるようにと……ですが、人々はそれを拒絶しました。魔工神様を邪神にしてしまったのは、止められなかった我々エルフ族を含めた全ての人です。享受《きょうじゅ》するだけで何一つ返さない私達を咎めなかった神を裏切ったのですっ」

コウヤ達は別に何かを返して欲しいと思ったことはない。ただこの世界に生きる者達が健《すこ》やかであれと願ってきただけ。誰もが望み、努力すれば手に入るものがあると思える世界にしたかった。けれど、人々が武器を持ち、大挙して目の前に現れたあの時、コウヤは思ってしまったのだ。与え過ぎたのではないかと。その迷いが、力を邪神へと変貌させていった。あの落ちていく感覚を、最近になってふと思い出すのだ。

コウヤは胸元をぐっと握る。すると、背中から外れて隣に出てきたパックンが労《いた》わるように擦り寄ってきた。

《みうしなわないで》

《あるじはまちがってない》

《そばにいるよ (^o^)》

これを見てコウヤはふっと笑った。

「ありがとう」

小さな声で礼を言い、パックンを撫でる。

「私は彼《か》の方の巫女です。二度と裏切ることは許されない。魔工神様は正しいと証明するのが私の使命。だからこそ、魔工神様の加護を得た方の力になりたい」

「っ、魔工神の加護……俺に？」

コウヤもそうかなと思っていた。加護を与えられるだけの力が自分に戻っていたとは思えないが、先ほど確かにゲンにならと思った。

「はい。あなたにはできます。古代エルフ族が上り詰めた場所まで行くことができる。薬学を極めるための力を得たのですから」

「俺が、薬学を……っ」

ゲンは何かに耐えるように、グッと両手を握ると立ち上がった。

「コウヤ、俺はやるぞ！　完成させてみせる！」

その表情は、いくつも若返ったように輝いていた。コウヤはこれにふわりと笑う。

「それでこそ、ゲンさんです」

「おう！　三日だ！　三日で完成させてやる！　完成したら飲む時は立ち会えよ！」

「はい。では、快気《かいき》祝いは何が欲しいですか？」

「ん？　そ、そうだな……いや、お前さんが用意してくれるもんならなんでもいい！」

「ふふ、分かりました。あっと驚くものをご用意しますよ」

コウヤは満面の笑みを浮かべた。

やる気に満ちたゲンは、ナチを弟子にすると頷く。しかし、そこでナチが不意に懸念《けねん》を口にした。

「材料は手に入るのでしょうか？」

「……」

ゲンは薬学書に目を落として固まった。コウヤもうっかりしていたと苦笑いを浮かべる。

「そういえば、この辺りでは手に入らないものがいくつかありましたね」

この辺りというか、季節的に無理なものもあった気がする。どうするべきかと悩んでいると、
パックンが突然、中央にあるテーブルの上に飛び乗った。

《なにがほしい？》

「え？　まさかパックン……」

《(*^_^*)》

得意げな顔文字が表示されていた。

「もしかして、ヒヤリ晶花《しょうか》とバンバ草あるの？」

《(=^▽^)σ　これじゃん？》

ババンと口から飛び出してきたのは、まさにその二種類の薬草だった。

「パックン、どこ行ってたの？　ヒヤリ晶花なんて万年雪のある高い山の上とかにあるやつだよ？」

《(￣^￣)のぼりたくなったときがあるのよ》

めちゃくちゃ誇らしげな顔が出た。

「じゃぁ、バンバ草は？　これ、海の中に生えるよ？」

《(>_<)およぎたくなるときがあるでしょ？》

「泳いだの⁉」

泳げたんだ、と初めて知るパックンの能力に驚く。カビたり錆びたりしなかったのは生命の神秘だろうか。思わず触って確認してしまった。

「お、おい、これ……使っていいのか？」

「いいですよ。パックンならまだ持ってるでしょ？」

《ばれた！》

「パックンの収集癖スゴイもんね」

《(*^_^*)》

本人は大変得意げだ。

そこでゲンがある提案をした。

「金は払う」

《え！　いらな～い》

「い、いらない⁉　いやいや、そんなわけにいくかっ。一つずつでも大金を積んで手に入れるやつだぞ！」

《もういっぱいあるもん(^o^)》

「金が？」

《きんかが♪》

「金貨が⁉」

収集癖のあるパックンは、集めたものが一定量を超えると途端に興味がなくなる困ったミミックだ。とはいっても、その一定量が半端ないのだが、コウヤはそこは気にしないようにしている。

「というか俺は一体何と会話してんだ⁉」

「パックンです」

《(^^)/よろしく！》

今更ながら、ヘルヴェルス以外の者達が驚き慄《おのの》いていた。

コウヤが従魔だと説明すると、なぜか物凄く納得したような顔をされた。『流石コウヤだ……』という含みを持った言葉を最後につけて、遠い目をされる。

落ち着いたゲンに、それならばコウヤに払うと言われたが断った。

因みにコウヤも結構貯蓄している。ギルドの給料は低いが、『チリも積もれば』を体現してしまっていた。周りが何かと世話を焼いてくれ、散財するどころか奢《おご》られることが多いためだ。

「どうぞ遠慮なく使ってください。パックンが持ってても仕方ないですし。また集めてきますよ」

《そういうこと～♪》

これで何とかゲンに納得してもらえた。

「あと手に入り難いもの、何かありましたっけ？」

「血……キメラの血って書いてあるな」

「ああ、そうでしたっ。ではコレを」

コウヤは冷凍保存していたキメラの血を一欠片《かけら》、空中に出した。それを見て一同が口をポカンと開ける。

「パックン、薬瓶《くすりびん》の空瓶あるよね？」

《ある～》

ポンと吐き出されたそれを受け取り、慎重に空中に浮かせたままキメラの血を解凍。液体に戻し、瓶に注ぎ入れていく。きれいに入れ終わると、それを手に取ってゲンに差し出した。

「どうぞ」

「……お前ら……おかし過ぎるだろ!!」

「ん？」

《(^_-)?》

主従揃って自覚はなかった。

特筆事項④　地域密着型の業務を目指します。

領主の屋敷でのんびりと過ごし、陽の光が赤く色付きはじめた頃、コウヤはギルドへと戻った。

「お菓子美味しかったね〜。今度作ってみようかな」

《つくれるの？》

「勉強したからね」

《たのしみ♪》

一見、コウヤが独り言を言っているように見えるために、すれ違った者達が振り返るが、不思議そうに首を傾げてから、コウヤの腰の後ろに初めて見る白い箱を見つけて、更に首を傾げていく。

そうして謎を人々に植え付けながら、コウヤは悠々とギルドの中へ入っていった。

「うわっ、ちょっと遅かった」

既に、依頼を完了して戻って来た冒険者達の列が出来ており、三つある受付はフル稼働《かどう》していた。

そのうちの一つ、コウヤが普段座る席に、知らない女性の職員が座っていた。

カウンターの入り口へと走り、勤務中を示す腕章を付けると、一度オーダーボードを眺めてから席に駆け寄った。

「すみません。本部の方ですよね。代わります」

「あ、ええ。あなたがコウヤさんね。でも、すごい人数だけど大丈夫？」

「はい！」

女性は心配しながらも席を立ち、コウヤと代わる。彼女もやるべき仕事があったらしく、そのままコウヤを気にしながらも奥へと消えていった。

コウヤは椅子に座る前にそういえばと思い、パックンへ声を掛ける。

「あ、パックンは下にいてね」

《やすんでおく(_ _)。o○》

「え!?」

腰からストンと勝手に落ちて、コウヤの足下に収まったパックン。隣にいた同僚が驚いていたが、説明より先に目の前のことを片付けなくては、と前を向いた。

「お待たせしましたぁ！」

元気に開始を告げると、疲れを見せていた多くの冒険者達が微かに笑みを浮かべる。

「よぉ、コウヤ。完了手続き頼むわ」

「はい。お帰りなさい。カード失礼します」

並んでいた冒険者の男がギルドカードを差し出す。それを受け取り、特殊な魔導具《まどうぐ》にセットする。

すると受注番号と依頼内容が、魔導具の画面のような部分に表示される。

受注番号　527―0870
ランク　C～B
分類　K
ビッグアント　20／20

このギルドカードは、神が管理する世界管理情報とリンクしており、こうして討伐数だけでなく、何を討伐したのかという情報も記録してくれるのだ。

特殊な鉱石を使っているために可能となるものなのだが、作れても仕組みを知っている者はいない。これも魔工神であるコウヤが倒された影響だ。しかし、そういうものだと皆が納得しており、特に気にする者はいなかった。

因みに『527』がこのギルドの支店番号のようなもの。『K』が討伐を表している。

「はい、確かに」

そうして、コウヤは手元にある一覧からこの依頼の報酬金額を確認する。

「お支払いはいつも通りカード入金でよろしいですか？」

「おう」

それを聞いてカードを別の魔導具にセットし、金額を入力する。電子マネーのような仕様でお手軽だ。手元の帳簿《ちょうぼ》に控えとして金額を記入し、カードを男へ返した。

「完了しました。お疲れ様です」

「ありがとな」

これで一人完了だ。意外とやることは多いが、二分とかからない。

「次の方お願いします」

こうして問題なく数十人を順調に捌《さば》いていったのだが、唐突に隣の窓口から大きな怒鳴り声が響いた。

冒険者ギルドでは、日に何度か怒鳴り声が響く。血気《けっき》盛んな冒険者達を相手にしている以上、こういうことも日常茶飯事《さはんじ》だ。これが冒険者同士の諍《いさか》いならば様子見をするのだが、今回は窓口でのクレームらしい。

コウヤは目の前の冒険者の対応を終えると、窓口を閉めることを告げて一旦席を立った。

冒険者達も、コウヤがこういったトラブルに対処することを知っているので、特に文句を言わずに『行け』と手を振ってくれる。

「どうしました？」

そうして、隣の窓口へのほんの少しの距離を移動する。窓口は隣の声が聞こえないように、一つずつが広く取られているのだ。真ん中に椅子を置いて両腕を横に伸ばすと、隣の窓口にあと数センチ手が届かないくらいの広さがある。

そこで対応していた相手の冒険者は、この町で今までコウヤが見たことのない青年だった。おそらく、今日初めてこの町のギルドにやってきたのだろう。どうにも防具や武器が寄せ集めのような、ちぐはぐな印象を受けた。新人の冒険者かもしれないなと予想する。

「なんだよ、お前っ。お前みたいな新人お呼びじゃねぇんだよ！」

当然だが、コウヤのような子どもが出てきたらこうなる。しかし、ここで引き下がっては意味がない。

「申し訳ありません、これでも二年目なんです。お話お聞きします」

コウヤがそう言うが早いか、担当職員の青年は当たり前のように席を譲る。そして小さな声で事情を耳打ちした。

「この依頼、納品するものの状態が悪くて……それでも報酬を出せと」

それだけで事情は充分に分かった。頷いてからカードの記録の表示を確認する。

受注番号　４９６—０６４５

ランク　H～G
分類　P
ジェットラットの毛皮（3）
規定・優良以上

討伐した上でその魔獣や魔物の一部を納品する場合は、『P』の採取依頼の分類となる。

予想通り、彼はまだ冒険者になって日が浅いのかもしれない。一番下のHランクからその上のGランクまでの依頼だった。

この場合は『ジェットラットの毛皮』の規定サイズを三枚納品するという依頼。そして、今問題になっているのは状態の『優良以上』だ。

「ここは代わります」

「はい……」

頼みますと頭を下げて、職員はコウヤが先ほどまで座っていた席へと移動した。

「担当を代わらせていただきます。コウヤです。よろしくお願いします」

「はっ、子どもがなにを分かっ……」

「こちらの毛皮をスキルで『鑑定』させていただきましたが、状態が非常に悪いです。これでは今回の依頼品として受け取ることはできません」

「っ……」

『見たところ』ではダメだ。『鑑定したところ』と言うのが正しい対応。ギルド規定では、職員がスキルがあると偽ることは許されていない。

鑑定のスキルを持っていなかったり、スキルレベルが低い場合は鑑定用の特別な魔導具を使う。魔導具なしでの鑑定を許されている職員は、スキルレベルが【大】以上の者と決められているので、これでコウヤのスキルレベルが高いことは証明できる。

「依頼をお受けになったのはベルセンの冒険者ギルドですね。ここまでは遠かったでしょう。処理も良くなかったようですね。品質としましては辛《かろ》うじて『1』です。今回の納品は『3』以上でないといけませんので、申し訳ありませんが、こちらの依頼を完了とさせていただくわけには参りません」

「そ、そんなの……困るっ」

声に力はなくなったが、必死さは失われていない。その事情はすぐに分かった。

「金が……ないんだ……これが売れないなら……っ」

コウヤはカードの記録を確認していく。

「ジェットラットの討伐記録がありませんね」

「っ！」

青年は明らかに動揺を見せた。

討伐記録にあるのは、ジェットラットよりも容易《たやす》く仕留められるビンズラビット一体のみ。依頼履歴《りれき》を見ると、討伐が絡む依頼を受けたのは今回が初めてらしい。

「お仲間がいらっしゃいましたか？」

仲間が討伐したのかと一応確認しておく。コウヤは全て否定して責めるのは好きではない。先に相手に非がない状態を提示し、反応を見るようにしている。

「……いない……」

彼の場合は、素直に自身の非を認めてくれた。

「ジェットラットの死骸《しがい》をたまたま見つけて……」

ベルセンでその時はコレだと思い受けはしたが、解体が初めてだったために上手くできなかった。更には放置されていたもので、既に傷《いた》みかけていた。品質が悪くなるのも仕方がない。

別に、放置されていたものの所有権は誰にもないので、この場合違反ではない。ただ、カッコ悪いと思って誰もやらないだけだ。

ベルセンのギルドでは、青年に討伐などできる実力がないと知られていることもあり、どうあっても誤魔化せないと後悔した。依頼の取り消しには違約金《いやくきん》がかかる。甘い考えのまま、この辺境の町のギルドなら認めてもらえるのではないかと思ったらしい。

辺境にあるという印象だけで、ギルドの質が悪いと予想したのだろう。実際、そう思ってやって来る冒険者達は多い。ギルドの評判も悪いので仕方がない。

しかし、その後でコウヤによって考えをきっちり矯正《きょうせい》されるのだ。彼も今、その考え違いを感じていた。何より、依頼品の品質はどこであっても誤魔化せないのだが、青年はそれにも頭が回らないくらい、ギリギリの生活をしていたのだろう。

しかし、そんな相手にも救済措置が取られるのがこのギルドだ。彼にとっては、この町に来たのは結果的に正解だった。

「そうでしたか。では、今から依頼を受けられますか？」

「え……」

「体力は残っていますか？」

「あ、ああ……」

怒鳴るだけの力があるのならば、恐らく大丈夫だろうとは思うが、確認はしておく。

「でしたら、こちらかこちらの依頼はどうでしょう」

コウヤは手元の依頼リストの中から、二つの依頼の紙を抜き取って見せる。

「これ……皿洗い……と掃除？」

席に座る前に見た、オーダーボードに残っていた依頼だ。これらの依頼は、もう少し暗くなってからしかなくならない。

「はい。皿洗いの方はギルドを出て右手側へ三区画先の、エンケンというお店での二時間ほどのお仕事です。食事が付きます。もう一つはお隣の解体屋さんでのお掃除です。こちらも二時間ほどになりまして、提携店でお食事ができます」

「……」

青年は混乱していた。なので、コウヤはしっかり説明しようと気合いを入れる。

「この町のギルドは、地域密着型の方針で運営しております！」

「は、はぁ……」

ギルドへの依頼というのは本来、誰でもできるし、報酬さえ出せれば何を頼んでも構わない。受けるかどうかは冒険者に委《ゆだ》ねられているので、そこを納得してもらえれば、子どもだって依頼することは可能だ。

だが、多くの冒険者ギルドでは、報酬も安い雑用とも言える依頼を受ける者はおらず、ギルドも必要性を感じなくなり、依頼として受理しない傾向にある。仲介料をほとんど取れないからというのが本音だろう。

「この『Z』依頼は報酬も少なく、一番下のもので精々、一宿か一飯程度にしかなりません。外から来られる方は冒険者のすることではないと思われるようですが、この町では、武器のメンテナンス中や気分転換など、暇つぶし程度の感覚で受けられる方が多いのです」

このユースールでは、軽い怪我をして町の外に出るには不安だという日などに、こうした宿屋や食事処《どころ》での手伝いをして過ごす冒険者達は多い。これによって一食の食事代や一泊の宿泊代が浮くので、かなり重宝《ちょうほう》されている。

更には、他の町で多く問題となる、冒険者による迷惑行為の抑止にもなっている。例えば酒場や食事処での喧嘩。それも、店側の仕事をすることによって迷惑になると自覚するようになる。

暴れれば、依頼人である店側の心証《しんしょう》も悪くなるので、こういった仕事も受けられなくなるだろう。そう考えると、冒険者達は節度《せつど》を持って生活するようになっていくのだ。

逆に、手伝ったことで、後に店側からおまけしてもらったりと良好な関係を築いていた。お陰で、この町は冒険者が起こす問題よりも、住人達の喧嘩騒動の方が多いくらいだ。

「ランクも関係なく、Aランクの方も受注していかれます」

そういう、誰がやってもおかしくない空気をコウヤが作っていったのだ。今ではこの町の冒険者はこれに違和感なく適応している。

更に、こうして食事処などでの手伝いによって『家事』スキルが取得でき、野営の時にとても役に立っているという。最近は、仕事帰りに知り合いになった店主達に肉などの土産《みやげ》を渡し、一緒に料理の研究をするのが趣味になっている者もいる。

冒険者と住民の距離がとても近い町なのだ。評判が悪いのはギルド上層部だけだと、この町の住民達は知っている。

「どうですか？」

「……解体屋の方をお願いします……お皿は割りそうだから……」

「承知しましたっ。解体するところも見せてもらうと良いですよ。今後役に立つと思います」

「はい……」

「先ほどの依頼の方は期日まで保留にしておきます。ただ、再挑戦される前に一度、戦闘講習を受けてみてください。詳しい案内の方は、あちらの案内板で確認されるか、明日以降、受付で声を掛けてください」

戦闘講習と聞いてもピンと来ない青年だが、その様子に気付くことなく、コウヤは依頼登録を行う。他のギルドでは、講習など今ではほとんど開いていないのだ。

すっかり大人しくなった青年にコウヤは笑顔でカードを返した。

「こちらは処分いたしますか？」

置かれていた毛皮に視線を向ける。どう見ても使い所がない。青年も文句は言っていても自覚していたのだろう。申し訳なさそうに反省した表情で頷いた。

「お願いします……」

「はい。では少々お待ちください」

それからコウヤは数枚の硬貨を彼に差し出した。内訳は毛皮一枚に対して一番小さい銭貨《せんか》三枚。日本円で三円だ。因みに十円で、拳ほどの硬めのパンが一つ買える。

「毛皮は引き取り料が付きまして、三枚で銭貨九枚です」

「え……もらえるの？」

「当ギルドでは、使えない素材でも大抵のものを銭貨一枚として引き取らせていただいております。萎《しお》れてしまった薬草でも物によっては畑の肥料として使えますし、こうした売り物にならない毛皮などは、従魔の食料になる場合がありますので、そういった形で利用させていただいているのです」

「……」

この対応もこのユースール独自のものだ。ただゴミにするにはもったいないと、コウヤはこうした引き取り料を設定した。実際、ゴミになるはずのものを、住民達は畑の肥料や家畜《かちく》の餌《えさ》などに使っている。この町では他にも、ギルドではなく独自で素材の買取りをしている店でもこれに倣《なら》い、引き取り料としてほんの少しだけ支払ってくれるのだ。

「ただし、こうして引き取らせていただくのは、採取依頼であった場合のみです。あくまでも発生してしまった不良品への対応ですので、お気を付けください。他にも細かい注意事項がありますので、気になるようでしたら、同じくあちらの案内板か、お時間がある時にお尋ねください」

「わ、分かりました……」

萎れた薬草や品質の悪い物ばかり持ってこられても、それには対応しませんよと注意はしておく。何事もルールは大切だ。

「では、解体屋さんは出て左手の角を手前に。ギルドの隣にあります。行ってらっしゃいませ」

「……ありがとう……」

この後、青年は稼ぎ時となっている解体屋さんで、ファンキーなオヤジさんの洗礼《せんれい》を受けることになる。それを知っている周りの冒険者達は、静かに去っていく青年を優しく見送った。

そんなコウヤの働き振りを、ギルドの奥から感心しながら密かに観察している者達がいた。

「ふふっ、今の見た？　相手は新人らしいとはいえ、あれだけ怒っていた子を至って平和に黙らせて、お礼まで言わせたよ？」

「可愛い上に仕事ができるなんて……欲しいっ、欲しいわっ。本部に引き抜けないかしらっ」

一人は一見《いっけん》して、孫の様子を見て喜ぶ好々爺《こうこうや》のような八十代頃の小柄な老人。杖を手にしてはいるが、まだ矍鑠《かくしゃく》としており、必要はないように思われる。刻まれた笑い皺が、人の好さを表していた。

そして、もう一人はうっとりと愛《め》でるようにコウヤを見つめる、メガネが似合いそうな知的美人。コウヤが来るまで窓口業務をしていた女性だ。

悶《もだ》えるように身をくねらせる女性に、老人は口を尖らせる。

「ちょっとっ、本部に連れてってどうするの？　ただでさえここは人数が少なくて応援を呼んでるっていうのに。何より、僕が、何のために来たか分からないじゃない」

「あら？　あれだけ嫌がって駄々《だだ》をこねていらしたのに、受けてくださる気になったんですか？」

はっと正気に戻って女性は老人を見つめた。老人は気まぐれなところはあるが、頼んだ仕事を中途半端に受けてから降りることはない。それでも、彼女の顔には意外だと書いてあった。これに老人はすっとぼけて見せる。

「駄々なんてこねてないよ。辺境だし、隠居《いんきょ》にはいいかもしれないけど、お仕事するのは面倒だな～って口にしただけ」

「へぇ～、あ～、ソウデスカ～」

「なにその目。これでも僕、今年で百七十よ？　隠居を考えてもいい年でしょ？　現役退《しりぞ》いて花道作ってもらえるはずなのに、まだ働かそうとしてる君達に責められるのはおかしくない？」

ドワーフの血が入っているため、見た目以上に年ではあるが、寿命も長くなっている。彼の一族は平均して二百五十歳の長寿《ちょうじゅ》な家系だった。

「まだ百は生きると言っていたじゃありませんか。百年も隠居生活なんて飽きると思いますよ？」

「む～ん……そうねぇ、まあ、周りがそう言うから、こんな端っこまで来たんだけど」

「嫌がってましたけどね」

「若者が過去に囚《とら》われちゃダメなのよ？」

お茶目なおじいちゃんだ。

「それにしても、本当にここはスゴイね。本部でも報告は読んでたし、噂になってたけど。もしかして、定期報告書上げてたのもあの子かな」

「そのようです。『見習いの仕事だ』とあの男が押し付けていたとか。はっきり言って、冒険者の数も依頼達成率も虚偽《きょぎ》だと思っていたのですが……本当だったようですね」

「そこから攻めようとしてたのにね」

この町のギルドマスター達が横暴な態度で住民に迷惑をかけていると、幾度となくこの国の本部に訴えがあった。それはここ二年ほどのことだが、それと同じ数だけ、職員の一人に仕事を押し付け過ぎだという訴えも出ていた。職員のために冒険者達がわざわざ意見するのは珍しく、本部も戸惑った。

問題のあるマスターが治めるギルドの成績が良いはずがない。報告書に偽りありと、それを武器にマスター達を捕縛しようとしていたのに、査察早々に全て事実だったと知って慌てた。

お陰で半日とかからず始末できる予定が、大幅に遅れて今も精査中だ。とはいえ、調べれば調べるほどに色々と出てくるため、捕縛することは昼前には確定していた。

「もう、あの子をここの代表にしちゃったら平和なんじゃない？　冒険者からあんなに慕われる子って中々いないよ？」

「それは私も思いましたけど、いくらなんでも十二歳の子に任せられないでしょう。それに、あんなにデキる子を今の今まで『見習い』にしてたんですよ？　お給料が他の職員の三分の一ってなんですか！」

「でも本部には正職員で通ってるんでしょ？　ならいいじゃん」

調べて分かったことだが、コウヤに本来支払われるはずの給料の三分の二が、巧みにギルドマスターの懐《ふところ》に入るようになっていた。帳簿《ちょうぼ》が驚くほどいい加減で、謎の収支が大量に発生しており、これに気付いたのもコウヤらしく、途中まで整理された資料があった。因みに裏帳簿は発見済みだ。

「そういう問題じゃありませんよ！　これまで苦労してきたんです。これ以上、重荷を背負わせてどうするんですか！」

「その重荷、僕に背負えって言ってるでしょ。老人は労《いた》わろ？」

もっともな意見だが、この老人には当てはまらない。

「先月まで統括をしてたんですから、言うほど重荷じゃないでしょうに」

「一番上から平《ひら》になったようなものじゃない。これからは圧力かかっちゃうよ」

「どっちにかかるんです？　かけないでくださいね？　そういうの上手いくせに……」

「まぁね～♪」

好き勝手やるけど、と付け足す老人に、女性の表情は引き攣った。

この老人、先月まで全ての国の冒険者ギルドを統括していたグランドマスターだ。そろそろ隠居したいとしつこく、それはもうしつこく繰り返し、数ヶ月の引き継ぎ期間の後にグランドマスターの地位から退いたのだが、総本部も相談役として彼を繋ぎ止めようと必死になった。勤続百二十年のベテランを手放しがたく思うのは当然だ。

しかも、昔から掴み所がなく、一ヶ所にじっとしている性格でもない。ちょっと散歩と言いながらどこぞの山に登ってAランクの魔獣と遊んで来るのは、まだ予想できるから良い。だが、唐突に珍しい果物が食べたいからと言って、海を泳いで南の島国に渡るのは困る。そこで貴重な薬にも使える伝説級の木の実を拾って、数日後にひょっこり帰って来たりするのだ。

ここで手放したらどこに行くか、何をやらかすかも分かったものではない。せめて居場所は把握したいと考えた上層部の辿り着いた案が、予《かね》てより問題になっていたこの町のギルドマスターに据えることだった。

「ギルドマスターやるのなんて七十年振りよ？　色々忘れちゃったなぁ」

「七十年なら忘れてもおかしくないですよ。というか、そこは普通に忘れても大丈夫です。私が補佐に付くんですから」

「え〜、君は厳しいからヤダな〜。それにエルフの血が入ってるからやっぱり胸が……」

「おい、エロジジィ……刺しますよ」

「コワイしぃ」

彼女にはエルフの血が入っている。老人がグランドマスターをしていた時から付いていた補佐の一人だ。付き合いも長く、こんなやり取りもお約束だ。

「まぁ、やってみるかね。何より、ここは面白そうだし。明日には全部終わるかな？」

「無理ですね。ギルドマスターだけじゃなく上層部の者達をごっそり入れ替えないとならないので、三日ください」

「えぇ～……ヒマ」

「っ、仕事は沢山あるんですけど？　とりあえず、明日はここの領主との会談になります。シャキッとしてくださいね」

事情の説明と、ギルドマスターが変わることを領主に報告する必要がある。領主側からこれを拒否できるわけでもないので、顔合わせの挨拶のようなものだ。

冒険者ギルドは国に左右されない権限を持っている。そのせいでこれまでのギルドマスターの横暴がまかり通っていたともいえる。

「う～ん、そういうのメンドイ」

「ダメです。逃げられると思わないでください。だいたい、あんなに頑張って働いている子がいるんですから、いい年をした大人がサボるなんて許されませんよ」

「それ言われたらね……分かったよ。僕も若い頃を思い出して頑張ってみようかな」

コウヤに影響を受け、ギルドはゆっくりと、確実に転機を迎えようとしていた。

特筆事項⑤　研修を始めました。

コウヤは日が完全に落ちた頃に帰路についた。

元々夜勤《やきん》ではない日。それに、査察が終わらないらしく、内側の業務は停止中だ。気兼ねなく休むことができる。

《おうちあるの？》

コウヤの家は、北門近くの住宅街の中にある。

「あるよ。俺が建てたんだ」

元々ここにはスラム街があった。それが住宅街として完全に生まれ変わったのは三年ほど前のことだ。もちろん、住民達はここに住み着いてしまっていた者達。そして、ほとんどが今はしっかりとした職に就いている。

《そんなことできるの？》

「大工さん達の手伝いをしながら教えてもらったんだ。解体作業から、この北区の建物全部に関わったからね」

《ぜんぶ（゜Д゜）？》

町を挙げての大工事だった。お陰できれいに区画整理もでき、どの家も程良く日の光が入るように設計された。コウヤの『日照権《にっしょうけん》は大事ですよ』という言葉や、『影にばっかりいると気分も暗くなるんですよね』とか『日の光を浴《あ》びないと体に悪いんです』なんていう意見に影響を受けたのだ。

「そう、全部。それで最後に自分の家は自分で作りたいって思ってね。流石にこれだけ建てるの見れば覚えるし」

《むりじゃない？（￣◇￣;）》

「でもできたよ？」

《（－_－;）》

普通は無理だ。けれど、コウヤは大抵のことは見ていれば覚えてしまう。理解する能力が高いのだ。

「ほら、ここだよ」

《（・Д・）なにこれ……》

着いたと言われてコウヤの腰から落ちるように降り、ぴょんぴょんと正面に向きを変えてから見上げるパックン。キョトンとするのも仕方がない。コウヤの家は、他とは違った。

「すごいでしょ？　でもやっぱり本職の人じゃないからね。お城っぽくしたかったんだけど、お宮みたいになっちゃったんだよね。木造って言ったらこれだと思うじゃない？」

《（￣ー￣）》

前世で宮大工《みやだいく》にちょっと憧れていた時があったのだ。木を巧みに組んで作り上げていくその建物に感動した。意外とうまくできたと思う。

「あ、でも中は近代的なんだよ？　お風呂も作ったし、キッチンもちゃんとしてるんだ」

そんな説明をしながら立派な門を開ける。そこも非常に手の込んだ彫刻《ちょうこく》が施されていた。これもコウヤが何日もかけて彫ったものだ。よくよく見れば、それは迫力のある虎と龍だった。

はじめに出来上がったこの家を見たゼストラーク達は口を揃えて呟いたものだ。『どこの組の門だ』と。

「門のあるお家ってカッコいいでしょ？」

《そうかも？》

パックンは大人だ。嬉しそうに同意を求められては頷かないわけにはいかない。

「さぁ、どうぞ」

《おじゃまします(*^_^*)》

鍵を鍵穴に差し込むと、家を覆っていた結界が消える。ここはファンタジー仕様だ。因みに、魔法による攻撃をしっかり弾くようになっているのだが、これは大工達の持つ高い技巧スキルによる影響で、全ての家に適用されている。

この町の大工達は優秀だった。一般的には棟梁とあと一人が【大】の技巧スキルを持っている。しかし、この町では現在、見習い以外全ての技巧スキル持ちが【大】。わけありの者達ばかりではあるが、ここでは上手くやっていた。

魔法を弾くだけでなく、実は燃えにくくもしてあるのは秘密だ。この木造住宅に欠点はほとんどない。

玄関を開けると、低い上がり端《はな》があって、きれいな木目《もくめ》の廊下が伸びている。日本育ちのコウヤとしては、やっぱり靴は脱ぎたい。この世界では、あまり靴を脱ぐ機会がないので、足の痒《かゆ》みに悩まされている者達が多い。お陰でそれ用の薬はいつでも売れる。
《いいにおい♪》
「木の匂いっていいよね」
小さな家だが、コウヤにとっては、長年慣れ親しんだ病室よりも大きいだけで充分だ。落ち着いた雰囲気の気楽な一人暮らしを気に入っていた。

いつもよりも早い時間に眠りについたコウヤは、そういえばとすぐに思い出した。

「さて、コウヤ君。何が言いたいか分かるよね？」

「リクト兄、そうやってずっと待ってたの？」

目の前には笑顔に見えるように口元を無理やり上げたリクトルスが、腰に手を当てた状態で待ち構えていた。何故かここに呼び出された時から、既にコウヤは正座をしている。すっかりお説教モードで呼び出されたらしい。

「そうだね。ちゃんとずっと見てたよ。コウヤ君はうっかり者でおっちょこちょいなところがあって、そこがまた良いんだけど、でもね？」

だんだんと顔が近付いてくる。その間もリクトルスの表情は固定されたままだ。コウヤは器用だなと感心するが、それはコウヤがちゃんと話を聞いていない証拠だ。

「コウヤ君！　聞いてないでしょ！」

「聴いてはいないかも？」

耳を傾けて、聴こうとはしていなかったよと認める。すると、正直なコウヤに苦笑し、リクトルスは弱った表情に変わってストンと屈み込んだ。

「あのね？　コウヤ君のことを思って言ってるのは分かるよね？」

「うん」

そこはもちろんだと頷く。彼らの想いを疑ってはいない。

「隠蔽のスキルは便利だけど、コウヤ君が本当はそういうの好きじゃないのも知ってる。けど、コウヤ君を守るためなんだ」

確かに、ステータスを書き換えるというのは好きではない。それは嘘をつくということ。気持ちの良いものではない。

「ん？」

「君は可愛いし、素直で良い子だし、僕達に手料理を作りたいからってっ……ううっ……変な人に利用されたりしたら僕はっ……見つけた時点で消さないと」

変なスイッチが入った。

「えっと、リクト兄？」

「そうだ。そうだよ。僕達の大事なコウヤ君を邪神なんて言うバカ共は全部消してしまえばっ」

「ゼストパパぁ、エリィ姉～」

いけないスイッチだった。

ゼストラークとエリスリリアは予想していたらしく、やっぱりという顔をしてやって来ると、三人でリクトルスを説得にかかった。

コウヤへの二時間のお説教がこれに丸っと変わったのは、良いことだったのかどうか分からない。

◆　◆　◆

本部からの査察は難航しているらしく、次の日も早朝だというのに多くの者がギルドに籠っている気配を感じていた。

コウヤはリクトルスに呼び出されたとはいえ、久し振りに叩き起こされることもなく、よく眠れたということもあり、勤務時間前に気持ち良く自宅で料理の腕を振るっていた。『料理の練習しておくね』と昨晩、リクトルス達に宣言しておいたのだ。今日から張り切って実践することにする。

「差し入れって言ったらサンドイッチだよねっ」

パンも朝から焼いた作り立て。フワフワのモチモチに仕上がっていた。そんな柔らか過ぎる食パンも、コウヤの打ったパン切り包丁でスッと切れる。薄さも完璧だ。

《たべたい！(>_<)》

「いいけど、さっきも散々食べてなかった？」

《そ、そんなことないよ♪》
「本当？　まあ、いいけど。保管じゃなく食べたいのね」
《(´▽`)ψたべる～♪》
パックンも魔物の一種。シンプルな宝箱にしか見えないが、れっきとした生物だ。食事もする。薬草や素材など、収集癖のあるパックンは、それとは別にエネルギーに変えるための薬草や素材も食べるのだ。これは保管とは違うので、当然消えてしまう。同じ口（？）に入れるので、どうやって区別しているのかは謎だが、コウヤと同じ食べ物を好んでいる。
「パンだけ……なわけないね」
《ないない。はさんでちょうだい》
パクパクと蓋を開け、催促《さいそく》された。仕方がないので、出来上がっていたサンドイッチを一つ放り込む。
《(*^_^*)ウマし!!》
《ふわふわタマゴのあまみがバッチリ！》
《テンサイテキなあじつけ！》
《d(^_^o)》
絶賛してくれた。
「パックンって味覚ちゃんとあるよね。ホント、どうなってんの？」

《(^_-)ナイショ》
「気になるなぁ」
そんな謎生物だからこそ従魔に選んだのだが、やっぱり不思議だ。
パックンに味見の感想をもらいながら、コウヤは数十人分の食事を作り上げた。
「さぁてと、出来た。早いけど、朝ご飯には良い時間になるよね。行こうか」
《イザ！　しゅっきん！(￣^￣)ゞ》
ピョンと跳び上がったパックンは、昨日と同じようにコウヤの背中、腰のベルトにくっ付いた。

ギルドに到着したコウヤは、元気に夜勤明けの職員へ声を掛ける。

「おはようございますっ。お疲れ様ですっ」

疲れを見せていた職員達はこれに笑顔で応えてくれる。

「差し入れ持ってきました。朝食代わりに食べてください。いつもの廊下に置いておくんで」

「ありがとう助かるよ。コウヤ君の『ケータリング』久し振りだぁ」

「そういえば、そうですね。俺も久し振りで張り切っちゃいました」

「それは楽しみだっ」

この『ケータリング』はもちろん、コウヤ発案だ。ちょっとしたお菓子の差し入れなど、冒険者や町の住人達からももらう時があり、それを職員達で分けたのが始まりだ。それから度々、夜勤の者達が食べられるようにコウヤが食事を用意するようになった。

職員達はほとんどが独身である。この時間に帰っても店はどこも開いていないし、お腹を空かせて一眠りしてから、朝食兼、昼食にありつくというのが普通だ。自炊《じすい》するということはまずない。家で食べる場合は、料理ではなくパンをかじる程度。それが常識なのだ。何より、家を持っている者が少ない。間借《まが》りさせてもらっていたり、数人で一軒を借りている者ばかりだった。

「あ、皆さんも食べてくださいね」

「っ、え？　えっと？」

広い廊下の壁の一部、そこに机が収納されている。コウヤがこの『ケータリング』のために作ったものだ。それを出して亜空間に入れていた料理を並べていく間、通りかかった査察官達へ声を掛ける。

「そ、それは？」

「お食事です。軽いものですけど、お腹が空いていらっしゃると思って。たまに夜勤の方用に作ってくるんです。住民の方にもらった差し入れとかも並べたりして」

彼らは目を丸くしていた。眠そうな表情が一気に覚醒《かくせい》していく。

「そんなのがあるの？　でも、私達がもらってしまって良いのかな？」

「はいっ。昼には処分してしまうので、早めに食べてくださいね。早いもの勝ちです」

「あ、ああ……ありがとう。いただくよ」

大抵、昼までには全てなくなるのだが、そうでなくとも昼までの限定だ。傷んではいけないからである。因みに、コウヤの作ってきたサンドイッチは、時間が経つとパンがカサカサになってしまうのを防ぐため、昼までの短時間だけ水分を保つよう魔術を付与した、保存用の紙に包まれている。

「こっちのサンドは三つずつにして包んであります。デスクに持って行って食べてもらってもいいですよ」

「へぇ。ありがたい。他の職員にも持っていけそうだ」

査察官達は嬉しそうに数個持って奥に消えて行った。この廊下は上層部の者が通らない場所だ。職員用の小さな控え室の手前である。奥で作業している者達に持って行ったのだろう。

「さてと、お仕事しますか」

その場から背を向けて表に出ようとすると、後ろにいるパックンがすかさず尋ねる。

《のこったらたべていい？》

「残ったらね？」

《やった(*≧∀≦*)》

きっと残らない、というのは言わないでおいた。

コウヤはパックン用のお昼もちゃんと用意しているのだが、それは内緒だ。

朝のラッシュが始まる頃。コウヤの後ろに三名の見知らぬ職員達が立っていた。男性一人、女性二人。彼らは王都や他のギルドから異動《いどう》してきた職員だった。

このユースールの冒険者ギルドは、他のギルドより職員の数が少ない。その上、上層部がごっそり抜ける可能性があったため、あらかじめ他のギルドから増員を回していたらしい。

なぜ職員になってまだ二年目のコウヤが、そんな彼らの研修のようなことをしているかといえば答えは簡単だった。

「お、女の人……女の人怖いっ……」

「王都、王都の人……コワイ……」

「いやだいやだ……」

他のユースールの職員達が錯乱《さくらん》して、全員机の下に隠れたからだ。彼らはたまにこうなる。王都の人だからとか、女の人だからというだけではない。どうも新しい『同僚』がダメらしい。次第に慣れてくるのでコウヤは問題ないと思ってはいるが、しばらくは声を掛け辛い。酷い人見知りという認識だ。

「えっと、落ち着いてください。ホント、冒険者の方には大丈夫なのになぁ」

冒険者の中には女性もいるし、町の外から来たガラの悪い人達にもなんとか対応できるというのに、なぜこうなるのかと思わずにはいられない。

コウヤは忘れているが、彼ら職員もこの辺境の地に流れて来た者達だ。無論、何らかの理由があってやって来て、それぞれにトラウマがあるらしい。三人の異動組もこれには唖然《あぜん》としていた。

「……確かに癖のある人達が行き着くことで有名だと聞いてますけど、ここまでとは……」

「人材の墓場《はかば》とまで言われていましたけれど、そのような感じは……」

「私は男ですよ〜」

今朝方やってきた彼らも、ここに配属されるのは問題のある者達ばかりだと前の職場で聞いていたので、最初は少し警戒していたらしい。自分達にも問題があったのかと、少々投げやりな気持ちもあった。査察が入っているようなギルドだ。当然、先行きが不安でしかない。しかし、やって来て早々に、本部の査察官達に笑顔で言われたのだ。

『ここでこれから働けるお前らが羨《うらや》ましいよ』

彼らは本気で混乱した。そして、次に顔合わせをした新たなギルドマスターとサブギルドマスターとなる二人に驚愕した。

『あ、来たね。うんうん、注文通り頭の固くない若い子を選んでくれたんだぁ。よろしくね』

そう満足気に笑ったのは、伝説の冒険者であり、グランドマスターだった人。

『このギルド、問題があったのは上層部だけで、下は優秀です。ギルドとしての成績も常にトップ3に入るのが頷けるものでした。あなた方は間違いなく栄転です』

グランドマスターの補佐の一人として有名だった女性にこう言われては、信じるしかない。

まずは現場を見て来いと言われて見て回ったが、見るもの、見る場所全てが疑問と発見の連続だった。あとで報告書を作成し、他のギルドの運営に役立たせるようにと言われている。疑問のままにするわけにはいかないと、これを説明できる人を探した。

『せ、説明だったらコウヤ君に……っ』

『コウヤに聞いてください！』

『ひっ、コ、コウヤ君はあっちっ』

怯える職員達に教えられた人物はまだ少年。新人かとも思ったが、それにしては仕事は早いし、冒険者達の態度が違う。不思議に思いながらも、とりあえず突撃し、張り付いたというわけだ。

はっきり言って重要人物だと、三人はコウヤを見て思う。感心、感嘆が絶えなかったのだ。

コウヤの後ろに立つ彼らを、受付に来た冒険者達が心配そうに見ていく。事情を知りたくても、コウヤは至っていつも通りだし、悪い感じは受けないので、混雑を避ける意味でも冒険者達は尋ねずにいた。しかし、やはり気になるものは気になる。そして、代表として尋ねたのが『おいちゃん』こと、グラムだった。

「お、おい、コウヤ。そいつらは何だ？」

コウヤは手を止めることなく、その質問に苦笑混じりで答えた。

「他のギルドからいらした新しい職員の方だそうです。ここのやり方は俺が色々弄《いじ》っているので、他とは違うらしくて説明しています」

面目ないと頭を掻くコウヤに、後ろに立っていた職員達は慌てた。

「そんなっ。ここのやり方は革新《かくしん》的です！　勉強させていただいております！」

「そうですよ。早くお役に立てるようにいたしますのでっ」

「他のギルドにも採用させていただく案が沢山ありますからねっ」

鼻息も荒く、そう口々に言われてコウヤもびっくりだ。

「そうなんですか？　良かった。でも、おかしいところがあったら教えてくださいね。俺は他のギルドを知らないので」

「分かりました！」

なんだかすごく居た堪れない。尊敬の眼差《まなざ》しとでもいうのだろうか。キラキラした瞳に晒されるのは、慣れないとやりにくい。

「コウヤが褒められてんならいいか……」

グラムの後ろで事情を知ろうと聞き耳を立てていた冒険者達も、一様に安心してギルドを出て行った。

「はい、お待たせしました。登録完了です」

「おう。明日には帰っからな」

「グラムさんなら大丈夫だと思いますけど、一つだけ」

コウヤが人差し指を立てるのを見て、グラムは表情を引き締める。

「なんだ」

こうしてコウヤが呼び止める時の助言や忠告は、重要度が高いと知っているのだ。

コウヤに懸念を抱かせる依頼というのがこれだ。

受注番号　527―0875
ランク　B～A
分類　P

『咆哮《ほうこう》の迷宮』20階層
エンゼル茸《だけ》　0／10
鮮度・大きさにより報酬増額あり

それほど難しい採取ではないが、全部で三十五階層あるこの迷宮の難易度は、五段階で表す上から二つ目の【レベル4】。その中層ということで適正ランクはBだ。最深層はAなので挑戦できる者は少ない。

迷宮とは、大地の精霊《せいれい》が作り出したもので、彼らが意思を持って小さな世界を出現させる。ゲームで言う仮想空間のようなものだろうか。現実とは少し違う空間なのだ。

その中には、世界に存在しなくなってしまった薬草や食材、植物が生きていることがある。魔獣や魔物もおり、それらは外の魔獣や魔物とは違った姿をしていたり、似ていても強さが格段に違ったりする。迷宮はこの世界に帰属《きぞく》はするが、別の小さな世界なのである。

そんな場所での採取依頼は多い。その場所でしか手に入らない素材もあるのだから当然だ。見た目は外のものと同じであっても、迷宮産のものは格段に美味しかったり、効果が強かったりする。大地の精霊によって育つ影響と考えられており、もちろん需要《じゅよう》は高い。

迷宮は世界中に存在しているが、この町に近い迷宮は三つ。『咆哮の迷宮』はそのうちの一つだった。一般的に、ギルドから歩いて半日という距離になる。

グラムが聞く姿勢を取ったのを確認して、コウヤは気になっている情報を口にした。

「五日前に別の町で、『咆哮の迷宮』十五階層での採取依頼を受けたBランクのパーティが、消息を絶っています。捜索は打ち切られていますが、その時に深層で出るはずのAランクのブラッドホースの声を聞いたという報告がありました」

「そりゃあ……ボス部屋手前で出る奴だろ」

「はい。確証はありませんが、充分に気を付けてください。できれば回復薬を持って行かれた方が良いかと」

「分かった」

迷宮は特別で、今のコウヤの世界管理者権限のスキルでは、中まで知ることができない。スキルレベルが足りないのだ。気になる情報だったので、コウヤ自身も近いうちに、休憩時間にでも直接行って確認しようと思っていた。

外からでは無理でも、迷宮内に一歩入れば、世界管理者権限スキルによって内部情報を知ることができる。生存者の最終確認と、ブラッドホースの位置を把握しようと思っていたのだ。

元々、ギルドは冒険者達の安全の保証はしない。どんな依頼を受けても良いが、全て自己責任。捜索を打ち切られるのも早い。だが、こうした助言をしてはならないということはない。寧ろ、冒険者達の生存率を上げるのは必要なことだ。仕事をする者がいなくなっては意味がない。

「では、お気を付けて！」

「おう！」

グラムはコウヤの警告を無視したりしない。その後、薬もいくつか購入したらしい。

「次の方どうぞっ」

そうしてコウヤは、少しの懸念を抱きながらも、いつも通り順調に仕事をこなしていった。

少し余裕が出来たところで、異動組の男性が声を掛けてくる。

「コウヤさんはここの冒険者の方達と仲が良いんですね」

「みなさん、良い方達ばかりですから」

そういう事情だけではないように思えると、彼は他の二人へ目を向けて同意をもらう。

「助言をしても聞いてくれる方というのは、冒険者には少ないのですよ？」

「そうですか？　聞くも聞かないも冒険者の方々の自由ですし、俺としては、言わずにおいて何かあった時に後悔するのが嫌だからっていう、自己満足的なものでもあるんですけど」

他のギルドでは、どうせ聞かないだろうという諦めもあって、たとえ有力な情報を仕入れても、それが必要となる人に的確に伝えるのは難しい現実がある。それを苦もなくやれてしまうコウヤがすごいのだが、コウヤとしては当たり前のことになっているのだ。

「他のギルドでの報告とか普通、チェックしませんよ？」

「あくまで近場の情報ですよ？　それに、他所《よそ》の町で何が求められているのかとか、気になりません？　薬草の採取依頼を見るだけでも流行《はや》っている病気とかが分かりますし。その時々の流行とかも知ることができるじゃないですか」

コウヤとしては、新聞を読むのに近い感覚だ。時事情報を仕入れる手段として、他のギルドでの依頼や報告書を、手が空いた時に閲覧《えつらん》している。

「それに、情報を冒険者の方達に伝えると、同じように外で仕入れてきた情報をくれたりするんです。そういうの、大事じゃないですか」

「「「……そうですね……」」」

これは、真似しようと思ってもすぐにできることじゃないと判断した三人は、業務の確認とギルド見学に頭を切り替えた。

だが、彼らにはどうしても一つだけ気になることがあった。

「あの……その箱って……」

「それ、先ほどまで向こうにあったように思うのですが……」

「もしかして……ミミック？」

距離を置いている同僚の職員達も、コウヤの足下にいつの間にか来ていたこれに注目する。

「あ、そうでした。今朝ちゃんと従魔登録はしましたから安心してくださいね。ミミックのパックンです！」

《よろしく～(^^)/》

「「「ええっ!?」」」

トントンと飛び跳ねながらコウヤの前に出たパックン。何より彼らが驚いたのは蓋に表示される文字と顔文字だ。

「こ、これ、この子が文字を!?」

「パックン、頭良いですよ」

《(〃ω〃)ほめられた♪》

通常、従魔であっても言葉を完全に理解し、それを示すことはない。

「ミミックってこんなことできるんですか!?」

「これは魔法みたいなものです。魔力操作のスキルがパックンは高いので」

《きわめちゃったの(*^_^*)》

実際にはスキルレベルが【大】の時にはもう使えていた。現在は【極】だ。

「ミミックを従魔にしている方なんて、いませんよ？」

「そうなんですか？　パックン、特別だね」

《やった～♪》

「「「……」」」

全員が、何とも言えない顔をしていた。

「どうかしました？」

《(・・?)》

はっと正気付いた三人は、キリッとした顔を見せた。

「いいえ、ただちょっと、常識っていうものを書き換えてました」

「色々と呑み込むべきものが多い所だと再認識しておりました」

「楽しい職場ってこういう所なんだと知って嬉しくて」

なんだか心境の変化があったようだ。

「それは良かったです。では、今度は提携しているお隣の解体屋さんに行きましょう」

「「「はい！」」」

そして、当然のようにそこでも度肝《どぎも》を抜かれ、その日の夜、興奮して眠れなかった三人は、徹夜で数十枚の報告書を書き上げたという。次の日、目の下に隈《くま》を作りながらも、晴れ晴れとした表情でギルドマスターへ提出し、ドン引かれたのは仕方のないことである。

特筆事項⑥　建築依頼を出しました。

一日の仕事を終えると、コウヤはとある場所へと向かっていた。

方向としては、コウヤの家のある北区とは反対の南区。時間としては、眠りにつく者が多くなる深夜前。しかし、月の光と、等間隔に建てられた街灯が夜道の不安を払拭《ふっしょく》しており、まだまだ人通りがなくなることはない。それでも、道ですれ違うのはほろ酔い状態の冒険者達が多かった。

「お、コウヤ？　夜更《よふ》かしすんなよ〜」

「家まで送るか？」

「こんな時間に、あんま危ないことすんなよ？」

気の良い冒険者達の言葉に頷いたり、手を振ったりしながら、コウヤは迷うことなく路地《ろじ》に入っていく。その先には、学校の校舎を思わせる一軒の大きな家がある。門も学校にあったスライド式の柵《さく》のような作りだ。木で作られたこれは、コウヤが以前提案したもので、家の主に画期的だと大変喜ばれた。

門の端に小さな通用口があり、コウヤはそこを数回ノックする。すると、小窓から男が一人顔を出した。

「ん？　コウヤ？　久し振りだなぁ」

「すみません。受付時間ギリギリで」

「いや、いいよ。入ってくれ」

「ありがとうございます」

開かれたドアをくぐると、そこは狭い一人用の小部屋。まるで高速道路の料金所のような感じだが、それよりは少し奥行きがあるだろうか。そこにいる男が屈強な体をしているので、余計に狭く感じる。

深夜一時ごろまで、ここには警備を兼ねて人が待機している。門が閉まっている間、勝手には中に入れないようになっているのだ。コウヤはそのまま向かいにあるドアへ進む。

「この時間だと、棟梁さんは地下の練習室ですか？」

「そうだな。案内は……必要ねぇか」

「はい。大丈夫です」

「あんま遅くならんようにな」

部屋を横切り、反対側のドアを出る。学校の校舎に似ているが、広いグラウンドに出るとはいかず、体育館のような倉庫がいくつも並んでいる。そこには、木材や工具がたくさん詰められており、中には作業小屋もある。

そう。ここは学校ではなく、この町で唯一の大工の家兼、資材置き場だった。
迷わず校舎のような建物に向かい、中に入ると中央の辺りを目指す。職員室があるかなと思える辺りに地下への階段があった。
そこを下っていくと、テンポの良いカタカタ、トコトコ、ドンドンという音が聞こえてくる。
《これなんのおと?》
それまでカバンのような状態で静かに腰についていたパックンが尋ねる。
「ドラムだよ。ここの棟梁さんはこの世界で唯一のドラマーなんだ」
《どらまー?　ドラゴンマニア?》
「なるほど。そう思えなくもないね」
《(・・?)》
どこでそんな言葉を覚えたのだろう。コウヤはちょっと気になったが、説明が先だ。
「ドラムって言ってね。打楽器なんだけど、大きさの違う太鼓《たいこ》をいくつも合わせて一人で演奏するんだ」
《このおとひとりで?》
「そうだよ」
棟梁と出会ったのは、コウヤがこの町に来るようになった八歳の頃。その頃は町にもまだ荒れている所があって、子どもが一人でいるには物騒だった。

育ての親と住んでいた場所までは少し距離があって、そこから通うよりかはと、コウヤは町を出て東に見える山中に、小さな小屋を建てて滞在していた。そこで、山を彷徨っていた棟梁と出会ったのだ。

彼は物作りが好きで、作っている時の音が好きだと言った。けれど、その音は他人にしたら騒音でしかない。この世界のどこの大工も、音がうるさいからと邪険《じゃけん》にされ、住民との喧嘩が絶えない不人気な職業だった。

けれど、どうしても必要となる職業だ。建物がなくては、人は安心して休めない。それなのに、感謝されるどころか疎まれる、報われない職業でもあった。それに心が折れて、大工を辞めていく者は多い。それでも残っているのは、この職業の必要性を忘れず、強い信念を持って受け継ぐ者達だ。だから、大工は他の職人達よりも頑固《がんこ》で我慢強い者が多い。

そんな中、彼は純粋に家を作り上げることと、作業中の音が好きだからというだけで大工を続けてきた変わり者だった。山を彷徨っていたのも、どこか人のいない所で作業しようと思ってのことだったらしい。

まだ発展途上だったユースールの町は、建築が間に合っていなかったため、大工の募集が多かった。しかし、そうして望まれて来た場所でも、嫌がられるのは変わらない。

そんな悩みを聞いたコウヤが、気分転換にでもなればと、ドラムセットを作ってプレゼントしたのが転機だった。

「この町唯一の大工さんは、ちょっとすごいんだよ」
《すごい？》
「それは明日のお楽しみね」
コウヤは練習室のドアを開き、中にいた棟梁へ一つの仕事を頼んだのだった。

◆　◆　◆

翌日。コウヤは早朝にもかかわらず楽しそうに始業時間を待っていた。

「コウヤさん、朝早くから元気ですね」

異動してきた三人の職員達が、眠そうにして目の下に隈を作ってやってきた。

「あ、おはようございま〜す！」

当然のようにケータリングも用意されており、他の夜勤の職員達は元気だ。しかし、三人はそれに涙して手を付けながら、疲れた表情を見せていた。コウヤは気になって尋ねる。

「早番《はやばん》ではなかったですよね？　お昼からでも良いですし、少し休んではどうですか？」

「大丈夫です……少し調子に乗って徹夜してしまっただけなので」

「ふわぁ……やりきった感はある」

「私も年なんでしょうか……ついこの前まで、徹夜なんて平気だったのに……」

なんだかすごく頑張ったようだ。

「無理しないでくださいね。でも、丁度良かったです。皆さんは初めてだと思うので伝えておこうと思って」

笑顔のコウヤに、三人は少しイヤな予感もしていた。前日に色々とあり過ぎたのだ。今度はどんな新発見があるのかと身構える。これ以上、何を報告すればいいのか。

「ギルドの仕事ではなくて、隣の空き地なんですけど、ドラム組が来るので」

その言葉に、まだ少なかった冒険者達やここの職員達が一瞬動きを止め、次の瞬間、歓喜《かんき》の雄叫《おたけ》びを上げた。

「よっしゃぁぁぁ！　まだ出発しなくて良かったぁぁぁ！」

「マジで⁉　もうすぐじゃね⁉」

「時間もうすぐだ！　外、外行くぞ！」

「夜勤バンザイ‼」

「早番バンザイ‼」

多くの者が飛び出して行った。

「な、なんですか、これ……」

「時間って何？」

「何があるんでしょう……ドラムグミ？　あ、でも聞いたことがあるような？　確か、ここ数年台頭してきた人気の高級家具の……」

　三人の職員達だけでなく、査察官達も不思議そうに集まってきていた。その時だ。

「あれ……なんか遠くから」

「地響き？」

「音が聞こえますね？」

「ふふっ。この町の大工さん達です。始まりましたね。外、見てきたらいいですよ」

　これに査察官達も手を止め、外に顔を出す。

　すると、町の住民達も大勢出てきていた。まるで、パレードを見物に来た時のようだ。

ドドン、ド、ドドッ
ドンドドドッ
ドッドッドッ

　打楽器と足音だけの音楽だが、気分が高揚《こうよう》してくる。

　次第に近付いてきて見えたのは、木材を担《かつ》ぐ人達や、工具を下げた者達。隊列を組んで手を叩き、それらの道具を打ち鳴らしながらやって来る様は、まるでマーチングバンドだった。

「な、なんですかアレは!?」

「大工のドラム組です」

「「大工っ!?」」

どの町でも大工には良いイメージがない。家を建ててもらわなくては困るが、音がどうしても煩《うるさ》いし、事故も多い。屈強な見た目の男達ばかりで、怖いというのもあるのだろう。

だが、この町では今、子ども達が一番なりたいと思う夢の職業が大工だったりする。そして、人気なのは子ども達にだけではない。

「どこでやるのっ？」

「差し入れ！　差し入れあとで持ってこっ」

「何日いるのかしら？」

奥様達にも大人気なのだ。女性を味方につけてしまえば、大抵の問題は解決する。

「きゃ〜ぁ、棟梁さぁ〜ん」

「ステキ！　ステキ過ぎぃ」

「こっち向いて〜」

特に若い女性には、アイドル並みの人気があった。

「……どうしよう……カッコいい」

「大工……大工ってなんだっけ？」

「もう、なんなのこの町っ」

査察官達も呆然としていた。

大工達、ドラム組はギルド横の空き地の前に並び、現場を一度見つめると、カンカンという音で回れ右をする。

そうして、押しかけてきた目の前の住民達に頭を下げた。

「はじめさせてぇ～、いただきますっぅ！」

まるで歌舞伎《かぶき》役者のセリフのように、響きながらも伸びる独特の言い回しで棟梁が挨拶する。


ドンカン！

ザザッ

次に、真ん中に並んでいた大工達が、筒状に巻いてあった大きな布を広げていく中、一番現場に近い後列にいた者達が、すでに空き地へ展開していた。

ザッザザッ
カンカカン
ズッズッズッ

一分もかからず、土の魔法で整地し、空き地を囲むように木を組んでいく。テンポ良く出来上がったそれに、広げた布が幕として張られ、土地を綺麗《きれい》に覆った。

「これより～ぃ、五日のご猶予《ゆうよ》～ぉお～、賜《たま》わり～ぃます～ぅ！」

「「「おっ!!」」」

大工達が揃って声を上げると、集まった人々が拍手で盛り上がる。

そうして、再び大工全員で礼をすると、幕の中へと入って行った。

「五日かぁ、優秀過ぎるのも問題よね～」

「本当よぉ。前にいた町では一つの家を建てるのにひと月、ふた月はかかってたわよ？」

「でもでもぉ、これで五日間は賑やかになるわねっ」

そんな嬉しそうな声がそこかしこから聞こえる。

初めてこれを見た三人の職員や査察官達は、完全に呆気《あっけ》に取られていた。そんな彼らに、コウヤが説明しておく。

「あれがドラム組です。この町唯一の大工さんで、人気者なんですよ。仕事は速いし正確だし、あの布で少し音を遮るので、騒音もありません。聞こえてもこんな感じですし」

指を立てて音を示す。聞こえてくるのは、一定のテンポを保ってリズムを刻む作業の音。金槌《かなづち》で釘を打っていても、ノコギリで木を切っていても、カンナの音さえも全てが一体となる音楽だ。

因みに音を抑えている、耐水、防火の処理を施した工事用シートはコウヤが作った。何より、工事現場は囲わなくては危ないと思ったのだ。

この世界ではそういう配慮がなかったらしく、隣の家に木材が倒れたり、工具が飛んでいったりという事故は当たり前に起きていた。大工が嫌われる理由の一つだ。しかし、あの布を提案したお陰で、安全に仕事ができ、周辺への事故のトラブルはなくなった。

「この音が楽しみで人が集まってきますし、お昼頃にはこの辺一帯がお祭り状態になりますよ。商業ギルドが屋台部隊を派遣《はけん》するんで」

「や、屋台部隊？」

これも聞いたことがないのだろう。確かに、ユースールで生まれたものだ。

「王都とかは、屋台を出すのに規制があるんでしたっけ。この町では、領兵の方々の警《けい》らがしっかりできるので、問題なくやっているんです。商業ギルドもはっきりとしたルールを敷《し》いて屋台をまとめていますしね」

大きな町で屋台が問題になるのは、無許可での場所使用や、食べ物の不始末。通行の妨《さまた》げになっていたり、客や隣り合った店との揉め事であった。

商業ギルドは信用が第一。きっちりと規制できなければ不利益になると判断し、屋台の出店を許可しないのだ。

しかし、この町では自分勝手に屋台を出してはならないという明確なルールと、管理の目が行き届いている。屋台の店主達は、こうした人の集まる時には『屋台部隊』を結成し、全ての店が利益となるように節度を持って行動する。

抜け駆けの抑止にもなるので、彼らに不満はない。特にこのドラム組の動向はしっかりと把握しており、その現場近くに店を出すのはお約束だ。

この間、ドラム組目当てに集まってしまう一帯の人だかりの整理も行ってくれる。

「昼ぐらいには人だかりも落ち着きます。もうすぐ領兵の方々もいらっしゃいますし、その後は屋台部隊が仕切ってくれますから」

「「……」」

未だ彼らは呆然としていた。

「さあ、お仕事です。お昼や夜は屋台で済ませられますから、冒険者の方達もそれを見越して動きますよ。いつもより朝のピークの時間が緩やかになりますけど、ひっきりなしになるんで、お願いしますね」

「え？　これ、こんな騒ぎならみんな休むんじゃ……」

お祭りのようなものなので、仕事を休みにすると思ったようだ。

「この音で活気付くんですよ。それに、屋台目当てになるんで、お小遣い稼ぎの感覚で近場の依頼ばかり受けるようになります。回転がすっごく速くなるんです」

「それは……もしかして、朝出て行って昼には戻ってくるという感じでしょうか？」

「その通りです」

そして、また昼を食べてから夕方までにできる依頼を受けていく。

「なので、今から急いで近場の依頼の整理をします。他のギルドにも納品できる依頼なら全部出しちゃいますよ。鑑定が使える方は忙しいです。こっちも回転率上げないといけませんから」

「……昨日も充分忙しかったと思うのですが？　あれ以上になると？」

「たまにしか冒険者としての仕事をしない人達も来ますから、人数的には倍以上になるでしょうか……今日から五日間、頑張りましょうねっ」

「「五日⁉」」

査察官達までもが白目をむいていた。

「はい。ちょっと前までは建築ラッシュがあったので、その時は最長十五日続きました。一応、大工さん達もきっちり休みを取るんで、次の現場にかかるまでに十日は空くんですけどね」

この世界の大工は、設計から施工《せこう》、その前の木材の伐採なども全てやる。そのため、工期よりも準備期間の方が長くなってしまう。手の空いている大工達は資材を集めたり、家具を作って技能を高めたりしていく。因みに、ドラム組の作る家具は品質も見た目も良く、王都や国外にも販路が拓《ひら》けている。太鼓とバチの『ドラム印』の家具はプレミアが付くほど人気の品だった。

一方、十五日と聞いて忙しさを想像したのだろう。三人はカタカタと震えていた。このギルドは王都など大きな町のギルドよりも遥かに忙しいらしい、と理解した。

それは、対応できる職員の数が少ないというのもある。

「飽きないんですよね〜。屋台も品物変えたりして、飽きさせない工夫をしているみたいで、とっても商売上手なんですよ」

その上、屋台の方が食費は安上がりだ。有難いものとして住民達も歓迎している。そして、そんな住民達も、ちょっとしたお小遣い稼ぎに依頼を受けたりするのだ。

「だから、五日は少ない方ですので、何とかなりますよ。さぁ、頑張りましょう！」

コウヤは一人、依頼の整理へと向かっていった。残された三人と査察官は、この町の異常性を改めて思い知り、心から感じていた。

「この町……変！」

これを聞いた住民達は怒るどころか、『だよね』と頷く。誰もが誇らしくも思いながら、自覚があるのだから。


ギルドの隣には長い間、広い土地が放置されていた。元々は、不正をして今回捕まった前ギルドマスターや上層部の者達が高く売ろうと画策《かくさく》して手に入れた土地だった。しかし、彼らの評判は悪く、買い手がつかなかったのだ。

そこで、コウヤが名乗りを上げた。元々、お金は持っている方だったので、ふっかけられても大した痛手にはならなかった。契約書もきっちりと作成し、手に入れた土地である。そこにはいつかゲンの店を建てようと計画していたのだ。因みに、同じように反対側にあった土地を買い取り、解体屋を建てるよう依頼したのもコウヤだった。

「ようやく先日、良い返事がいただけたので」

お昼。コウヤは予想通り展開した屋台部隊に感心しながら、購入した串焼きなどを片手に、用意されている飲食スペースに向かう。

屋台部隊は、必ず店だけでなく飲食スペースも用意する。沿道の店や家、通行の迷惑にならないよう考えて、少しずつ配置するのだが、これらのテーブルと椅子は全て大工のドラム組から譲り受けたものだ。彼らの関係はとても良好だった。

ドラム組への差し入れも、屋台部隊が一時預かり、まとめて届けるのだ。作業の邪魔もさせない徹底ぶりだった。

そんな説明を聞き、隣で物珍しげに観察しているのは、三人の異動組のうちの一人。男性のマイルズだ。年齢は二十三歳。王都のギルドに配属されて二年働いた後の突然の異動だったらしい。

大抵のことには動じない呑気なところのある青年だが、この町に来てからは驚きっぱなしだ。優しい顔立ちは、年齢を若く見せている。好奇心を宿す薄い茶色の瞳は猫のように細くなり、チャーミングだ。

「えっと？　なら、あの土地はコウヤさんのものということですか？」

「そうなんですよ。本来はあそこにギルドの寮《りょう》を建てる予定があったそうなんですが、上層部の方々は家を持っていましたし、他に何か有用に使えると思われたのでしょうね～」

何気なく言うコウヤに、マイルズは引き攣った表情を見せる。ここに来てから持ち味である呑気な性格が発揮できない。逆にコウヤの呑気さに振り回されていた。

「それって、完全に不正ですよ……」

「ですよね。でも、俺は他の町のギルドを知らなかったので、それが分からなくて。他の職員の方も口を出せなかったみたいで、住む所を自分達で探してどうにかなっちゃってたんです」

他の町では、ギルド職員用に、ギルドに近い場所を選んで寮が建てられる。ギルド職員は結婚すると辞めてしまう者が大半で、残ったとしても寮を出て夫婦で家を持つのが普通らしい。よって、寮の部屋は一人部屋だ。

そんな寮がなかったという現状を、コウヤは当たり前だと思っていた。しかし、半年ほど前だろうか。外から来た冒険者に寮のことを聞いたのだ。

「寮のことを知って調べてみたら、管理費も本来はギルドが持つっていうじゃないですか。食事は出ないまでも、入寮費も出さなくて良いとか。今は皆さん、格安の宿に泊まっていたりとか、間借り暮らししていたりするんで、その費用分、寮があれば楽になりますよね」

その辺の経費関係のお金は一体どこに行ったのか。思えば、交通費が出ない職場はブラックだという極論を前世で聞いたことのあるコウヤは、なんとかホワイトな職場にしようと時間があれば帳簿と睨《にら》めっこをしていたのだが、今はもう良い思い出になりつつある。

「それはもちろん……っていうか、そうだったんですかっ？」

マイルズ達や査察官達は、今はまだ宿を取っている。仕事の一つとして扱われるので、経費で落とすのだ。だから彼も寮がないことも、他の職員達が別々に部屋を借りていることも知らなかった。彼らにとっては寮があることが当然だし、忙し過ぎてそこまで気が回らなかったのだ。

「ど、どうしましょう。研修期間はあと数日と言われているのですが……」

今から借りられる場所を探さなくては、と焦っていた。

マイルズが青くなる中、コウヤはニコニコと笑って串焼きにかぶりつく。

「大丈夫ですよ。ゲンさんの家と一緒に作ってもらってるんで」

「……え？」

そう。今回の工事では、薬屋と一緒に寮も建ててもらっているのだ。

「薬屋を建てるだけなら、ここの大工さんの腕だと二日もかからないんですよ」

「……小屋じゃなくて、家一つですよね？」

「当然です。作業室、保管庫だけじゃなく、急病患者用の病室も完備してもらう予定です」

「それを二日で……？」

コウヤは土地を買った頃から、棟梁と相談しながら設計図を描き始めていた。どうせならば、使い勝手が良く、ゲンの弟子となる者達も一緒に暮らせるくらいの、ちゃんとした家にしようと思っていたのだ。

様々な案を盛り込んで出来たのが、二階建て地下室ありの一軒家。隣に寮を作るので少し敷地は小さくなるが、そこは元魔工神としての腕の見せ所。空間拡張の魔法を完成させ、一つ一つの部屋の大きさを弄《いじ》る計画だ。

大工達は、空間魔法の適性スキルが高い。常に空間を意識して建物を建てるからだろうか。更に技工師としての高いスキルで、この魔法を彼らは会得していた。

「技工師スキルが高いんですよ。半数以上が棟梁レベルです。工期も短くなります」

「異常な速さだと思いますけどね……」

それでも手を抜かない。そして、響くテンポ良く奏《かな》でられる音。ドラム組は間違いなくこの国だけではない、世界で見ても最高峰《さいこうほう》の大工だった。

◆◆◆

何とか一日を乗り越えたコウヤは、その夜、不意に思い立って町を抜け出していた。

《どこいくの？》

パックンは当然のように腰にくっ付いており、夜の散歩を楽しんでいた。

「そろそろ【神匠炉《しんしょうろ》】を回収しようと思ってね」

大きなものをそのまま亜空間に収納するという方法も思いついていたので、忘れないうちにと思ったのだ。実際、ここ数日ですっかり忘れていたコウヤだ。家を建てることから、そういえばと思い出したのが今日の昼間だった。

《かいしゅう？》

「そ、回収。亜空間に収納しちゃおうかなって。あれ作るの大変だしね。毎回作ってる時間ないから」

《でもおおきいよ？》

「そこは空間魔法をうまく使ってね」

　空間を拡張できるのならば、縮小もできないかと考えたのだ。炉を囲って部屋として考えてしまえば、可能ではないか。確証はないが、できそうな気がした。コウヤは時々、直感で行動する。

「えっと、この辺のはずなんだけど……あ、あった」

　神であるエリスリリアの認識阻害の魔法が発動しており、普通は見つけることができない。それを解除し、コウヤは神匠炉《しんしょうろ》に変化がないか確認する。

「どうせだから、しまう前に何か作ろうかな」

　結界も機能しているし、次にいつ出せるか分からない。いい機会だと火を入れる。

「パックン、周辺の警戒頼める？」

《まかせて(´▽`)》

　腰からストンと落ちたパックンは、ぴょんぴょんと跳ねていった。ここは森の中なので、薬草も豊富だ。きっと退屈はしないだろう。

「よしっ、ならちゃっちゃといきますか」

火力を上げ、素材を並べる。

「えっと、包丁も新しいのが欲しいし、忘れちゃいけないのが武器だよね。護身用《ごしん》にちゃんと用意しておかなくちゃ。そうだ、棟梁さんにノコギリと金槌を頼まれてたんだ。あとは……」

そうして、深夜過ぎまでコウヤは作業に没頭していった。

因みに『やっぱりこれだよね』と言ってコウヤの作った武器は、長剣とまではいかない三十センチほどの長さのペーパーナイフ二本と、いくつかの短い投げナイフだった。

その日の夢に、再びリクトルスが困り顔で出てきたのは言うまでもない。

特筆事項⑦　迷宮の調査に向かいました。

コウヤは次の日、忙しく働きながらも心配していた。浮かない顔で休憩に向かうコウヤに、同じく休憩に入る女性職員が声を掛ける。

「どうしたんです？」

彼女はフラン。異動組の一人で年齢は二十五歳らしいが、見た目がとにかく幼い。背も低く、コウヤと並ぶと同年代と思われるほどだ。ぴょんぴょんとハネた短い赤銅色《しゃくどういろ》の癖《くせ》っ毛《け》が特徴で、クリクリとした同じ色の瞳が可愛い。

そして、気を付けているようだが、どうやら僕っ娘《こ》らしい。今はまだ異動してきたばかりで、年下で後輩のはずのコウヤにも敬語らしきものを使う。

「親しくしている冒険者の方の帰りがちょっと遅くて……」

二日前に見送ったグラムの受けた依頼が、未達成になっていることが気になっていた。

特にグラムは目立つベテラン冒険者なので、帰ってきていたら誰かが話をする。今日はあそこで食事をしていたとかだ。依頼内容が気がかりなこともあり、コウヤはいつもよりも気にしていた。だから、帰ってきていないのは確かだ。

「冒険者の仕事なんて、予定通りに行かないのが普通ですよね？」

「そうなんですけど、ちょっと気になって」

依頼達成にかかる時間の予想なんて、長年の勘のようなものだ。採取依頼や討伐依頼も予定通りにはいかない。薬草などは生えている所を見つけなくてはならないし、討伐だって、昨日聞いた場所に獲物がいるとは限らない。

「その方はベテランですし、迷宮の採取依頼は余程運が悪くないと、時間のかかるものではありませんから」

「あ、迷宮ならそうですね」

迷宮では、採取ポイントが分かりやすい。攻略《こうりゃく》し尽くされた所ならば、それこそ『そこになければあそこ』といった情報が豊富だ。魔獣や魔物もだいたいの行動範囲が決まっている。何より、倒されたり採取されたりしても、半日から数日後には迷宮の力によって復活しているのだから。

「やっぱり何かあったのかも……」

移動距離を考えたとしても、二日が妥当《だとう》なのだ。それなのに、既に三日目の昼になってしまった。

「それって、あれですか？　コウヤさんが冒険者の方に注意していた、確か『咆哮の迷宮』の？」

「そうです。あれからまた一組、未帰還のパーティがいると、今朝の報告にあったので気になっていて。どうやら近くの町や集落でも同様に行方不明者がいるみたいなんです」

立て続けに未帰還の者を出してしまうほど、ギルドのランク設定は甘くない。寧ろ、こうなってくると本格的に調査が必要になる事態だ。依頼という形を通さずに迷宮に入った冒険者も数人行方不明らしい、とも噂で聞いていた。

「パーティの中の一人二人が戻らないというのなら不思議ではないんですが、パーティ丸ごとってのが気になるんですよ。今夜にでも調べて来ないとな……」

「確かにっ。これは異常ですよ！　なんで調査しないんです⁉　ぼ、僕、報告して来ます！」

「あ、え？　報告？」

フランが急いで奥に駆けていく。どうやら、上の人に報告に行ったらしい。そこでコウヤも思い出す。

「そっか。報告すれば良かったんだ」

こういうことがあっても、今までは上に相談したり報告したりしても意味がなかった。そのため、上に報告するという考えがすっかりなくなっていたのである。

「俺が対応策考える必要ないんだ……」

睡眠時間を削って調べに行くなんてことも本来しなくていい。今までしていたのは、そうしなければ上が動かなかったからだ。だが、コウヤがこのギルドに来た時にはもうそんな状態だったのだから、この認識は仕方がない。

《どうしたの？》

「うん……ちゃんと分かってくれる人だといいなって」

《(・・?)》

最初の頃は、上にも掛け合っていた。しかし、放っておけば冒険者達が危険だという案件でさえ指示は来ず、時間だけが過ぎた。

業《ごう》を煮やしたコウヤが直接訴えても、『お前が勝手にやればいい』という答えが返ってくるだけ。あくまでも『コウヤが勝手にやったことにしろ』ということ。費用も人員も出す気がなかったのだ。

だから、コウヤは勝手にやってきた。こうした迷宮の行方不明者捜索も、不足する薬の補充も、素行の悪い冒険者達の取り締《し》まりも、本部への報告も全て。

「ギルドマスターも含めて上層部は全部、人が代わるって聞いてるけど、どんな人かなって」

《つよいひとみたい》

「強い？　なんで？　確かに、ちょっと前からそんな人が上に……」

いるような気はしていた。おそらくレベルは２００ぐらいだ。人族では到達できる者は少ない。冒険者でいえば、Aランクの上のSランクほどの実力になる。

因みに今までのギルドマスターや上層部の者達の実力を冒険者に置き換えるならば、Dランクだろうか。平均でレベル50もなかった。

もし、そんな強い人が仕事熱心で、ギルドマスターになったら安心できるのになと考えていた時だった。その人が近付いてきたのだ。

「あ、コウヤさんっ、マスターがお話を聞きたいそうで……」

フランが連れてきたのは、彼女より少し背の高いくらいの老人だった。

「君がコウヤちゃんだよね。お話は道中聞こうかな。急いだ方が良さそうだしねぇ」

見た目は老人なのに、動きが予想外に速い。既に回れ右させられたコウヤの背中を押しながら、出口に向かっていた。

「へ？」

「はい？」

《どこいくの⁉》

結構力強いなと感心していたコウヤはキョトンとし、フランは話を聞くだけじゃないのかと、あれぇとなっていて、パックンは慌てた様子でついてくる。

「ちょっ、マスター⁉　行くって聞いてませんよ⁉」

「いいの、いいの。僕、今仕事ないし？　老人っていると邪魔でしょ？　出かけてくるって言っといてね～」

「えええぇっ‼」

フランを置き去りにし、そのまま外に出る。

「さてと、コウヤちゃん、適当にご飯買って行こうよ。パックンちゃんだっけ？　保管してくれるでしょ？」

彼はとても自然にパックンに話しかけた。

《いちわりでてをうつよ(￣3￣)》

「そうなの？　う～ん、いいよ。それでこっちも手を打とうじゃないの」

《はなしがわかるね♪》

「君もね」

話が付いていた。

「あの……新しいギルドマスターさんですか？」

「あ、そうそう。まだ自己紹介してなかったね。僕はタリス。タリス・ヴィットだよ。よろしくね、コウヤちゃん」

「はいっ。あれ？　タリス……ヴィットって、グランドマスターのお名前ではありませんでしたか？」

コウヤは記憶にある情報と照らし合わせていく。

タリス・ヴィットは元Sランクの冒険者。コウヤが邪神として倒された後の世で、最も強いと言われていた。その後、現役を退いて十数年のギルドマスターの任を経て、全ての冒険者ギルドを束《たば》ねるグランドマスターになった人だ。

「そうだよ。よく知ってるねえ。ちょっと前に引退したんだ。けど、ここのギルドが問題あるっていうんで、駆り出されちゃってね。こんなジジィだけど、仲良くしてよ」

「こちらこそ、若輩者《じゃくはいもの》ですが、よろしくお願いします」

立ち止まって頭を下げると、タリスは微笑ましそうに笑った。

「あ、そんな固くなんないでね。実のお祖父《じい》ちゃんだと思って接してよ。かしこまられるの好きじゃないの」

「そうなんですか？　でも上司ですし……」

「ダメなの？」

寂しそうにそう言われては、コウヤも諦めるしかない。

「分かりました。じゃぁ、まず何が食べたいですか？」

「う〜ん、そうねぇ。串焼き好きだよ。ガッツリしたのがいいよね」

「健康、長寿の秘訣《ひけつ》ですねっ。俺のおススメはドレッドヘアのお姉さんがやってる屋台の串焼き屋さんです。秘伝のタレで焼いているんですけど、ちょっとピリ辛で癖になりますよ」

「いいねっ。それいこう！」

お姉さんを探すよりも先に匂いで分かる。香ばしくも懐かしいタレの匂いに誘われて、二十本も買い込んだ。

因みにこのお姉さんが屋台部隊の代表だったりする。屈強とは言わないが、荒々しい他の屋台の男の店主達を束ねるカッコいい姐《あね》さんだった。

◆　◆　◆

『咆哮の迷宮』までの道のりは徒歩で半日。迷宮は小さな山の頂上付近にある。当然、お昼に町を出るとなれば、着くのは夜中になってしまう。馬ならば多少は速いが、迷宮の入り口がある場所は魔獣も出る山の中だ。置いていくことはできない。

迷宮内に連れて行くこともできなくはないものの、確実に戦闘の邪魔になる。狭い場所もあるので、まず連れて行こうと思う者はいない。大きな従魔を歩かせるのもこの迷宮では無理だ。そういう理由で『徒歩半日』なのである。

しかし、コウヤ達がこの山を登り出したのは町を出て二時間後のことだった。もちろん、コウヤだけならばおかしくはない。スキップ気分で一瞬で森の道なき道を駆け、休憩なしで五十キロほどの距離も一時間程度で辿り着く。

だが、今回は同行者がいる。元Sランクとはいえ、色々と無理があるだろう。そこで、コウヤはとっておきの移動手段を明かした。

「ねぇ、コウヤちゃん。これ僕にも操縦？　できるかな？」

コウヤは今、デリバリースクーターで山道を疾走《しっそう》していた。後ろの箱の部分は椅子に変更でき、クッション性の良い二人乗りになっている。雨避けも付いているのだが、そこは魔法の力で、速度によって外からの風も防げるようになっていた。

「練習してみないと、なんとも言えないですね。三輪形態ならまだバランスが取りやすいんですけど、こういう細い山道を今みたいに二輪の形態で行くのは難しいかもしれません」

このデリバリースクーターは、当然コウヤが遊びで作ったもので、三輪の形態と二輪の形態に変えることができる。それ以外に空中走行もできる優れもの。

とはいえ、空高く飛ぶわけではなく、地面から三十センチほど浮き上がるだけだ。せっかく魔法があるのだからと付け加えた形態だった。お陰で水の上を走行できる。ただし、空中走行はものすごく速度が出るので、小回りが利かなかった。操縦の腕が試される。

「量産できないの？」

「実際問題、これを作れるのは、恐らく俺だけです。技工師スキルもそうですけど、コアに描き込む魔法式が複雑過ぎる上に、魔力を大量に消費しますから」

タリスは、町を出てすぐにコウヤの出したこのスクーターに目を輝かせ、ここまでの道のりは、ずっと興奮しっぱなしだった。速度も落としたことで、ようやく色々と考えが浮かんできたのだろう。

「え～、ギルド職員用に是非欲しいんだけどなぁ」

「そうですねえ。一台作るのに、ひと月はかかりますよ？　それでもいいですか？」

こうした突発的な長距離移動や、トラブルの起きた現場に駆け付けるには良いと思っていた。今まで教えなかったのは、上に知られれば間違いなく金儲《かねもう》けのネタにされそうだったからだ。

「いいよいいよ。とりあえず、帰ったらすぐに商業ギルドで商技《しょうぎ》登録しようね。面倒なことになったら僕が何とかするし、安心してよ」

商技登録とは特許《とっきょ》のようなものだ。これにより、登録した商品は契約者の許可なしには販売できず、その品物に関しての情報も秘匿《ひとく》することができる。ちなみに、コウヤが土地を幾つも買えるほどの財力を持っているのは、この商技登録の使用料によるものが大きい。

そして、これに登録したものは、王さえも口出しできなくなる。脅《おど》されても公然と抗議できるのだ。権力者の力が強いこの世界では、とても大事なことだった。

タリスはコウヤのことを一番に考えてくれていた。つい嬉しくなって調子に乗ってしまう。

「なら、ついでに自転車も登録しますね。あれは事故防止機能の付与魔法だけで、技工師なら作れますし。乗るのに練習は必須ですけど」

「ん？　じてんシャ？　それも乗り物？」

「はい。またお見せしますね」

「そうしてっ。いやぁ、コウヤちゃんは面白いねぇ」

ご機嫌なお祖父ちゃんは可愛かった。

《(~_~;)》

「あれ？　どうしたの、パックンちゃん」

パックンはコウヤの腰の後ろに付いているので、タリスと向かい合う形だ。少し前まで彼と楽しそうに会話していたはずだが、さっきから大人しい。

「そういえば、静かになってたね。パックン、どうかした？」

《……よった……》

「酔った？」

「え、パックンちゃん酔うの⁉」

そういえば船もダメな子だったなと、コウヤは遠い昔を思い出した。そして、そんなパックンのために薬を持ってきていた。

「酔い止めいる？」

《いる》

「薬飲むの⁉」

それが当たり前のように、コウヤは亜空間から薬瓶を一本出し、手を後ろに回して渡す。コウヤは、酔い止めは酔った後にも即効性があるべきだと思って作っているので、今からでも問題はない。

パックンは瓶ごとパクリと呑み込んだ。

《おいしい(￣▽￣)》

ほっとするように伝えてくるパックンに、見ていたタリスが思わず尋ねる。

「薬が美味しいって、どんな味なの？」

《すっぱくて(*´ω`*)》

《あまくて(^o^)》

《からいの(>_<)》

「どんな味……？」

タリスから表情が抜け落ちた。

因みに、先ほどの薬は酸《す》っぱさで一度スッキリして、甘さでほっとさせてから、辛さでシャキッとするように作ったので、パックンの表現は間違っていない。

迷宮の入り口は、大きな門だ。門しかない。それも裏表はなく、どちらから入っても迷宮に入れる。門は迷宮によってデザインや素材が異なるため、眺めるだけでも価値があると、芸術家達がわざわざ護衛を雇ってやってくることもあるほどだ。

この『咆哮の迷宮』の門は狼や大型のクマなど、魔獣が躍動的《やくどうてき》に咆哮を上げる様が彫《ほ》られている。

「何度見てもカッコいいなぁ」

《おうちのもんのほうがかっこいいよ？》

どこの組とも知れない、あの龍と虎の彫られたコウヤ渾身《こんしん》の作である家の門は、パックンのお気に入りらしい。いつも家に入る前に正面で数秒立ち止まる（？）のは、そのためだろう。

「コウヤちゃんのお家《うち》？　門あるの？」

「ええ。気合い入れて作りました」

もちろんコウヤも気に入っている。

《こういうの (=^▽^)σ》

「パックン？」

「おおっ」

ふんっと気合いを入れて、蓋の全面に描かれたのはまさしく門の絵だった。

「すごい、パックン……そんなこといつの間に……」

知らないうちにえらく多芸になっていたようだ。

《むふっ》

「スゴイねぇ！　今度見に行くよ！」

こうしてタリスのお宅訪問が決まった。

迷宮の大きな門は、高さ五メートルほどだろうか。横幅は三メートル近い。その扉をさほど力を入れずに押し開ける。

「こんなに軽く開くのに自動じゃないのが、最初びっくりしましたよ」

「自動って、そんなの無理でしょ？」

「こんなに立派なんで、誰かが開けてくれるみたいなイメージがあって」

「なるほど。それはあるねぇ。お城の謁見《えっけん》の間の扉みたいに、開けてくれる人いそうな感じだもんねぇ」

コウヤの『自動』のイメージは、電気を使う自動扉なのだが、こちらの世界でその不満は伝わらなかった。それよりも、流石は元グランドマスター。お城訪問も体験済みかとコウヤは変な感心をしていた。

「でも、不思議ですよね。こんな簡単に開くなら、外から魔獣とかが押し入ったりしないんでしょうか」

中へと入りながら、常々疑問に思っていたことを口にする。迷宮にこうしてやって来る時はいつもコウヤ一人だったので、話し相手がいるのが嬉しい。ついついお喋りになってしまう。

「そうねぇ、そこが迷宮の面白いところよ。迷宮から魔獣が出てくることはあっても、入ることはできないっていうね」

迷宮は現れてから、長く攻略が進まなかったり、中に現れる魔獣や魔物をあまり倒さないでいたりすると、ある時キレる。上手く力が巡らないことによる魔力の氾濫《はんらん》だ。魔獣を作り出した精霊達の不満の感情も入るのだろう。

これにより、迷宮内に出現する魔獣や魔物が爆発的に増え、外に放出される。いわゆる集団暴走《スタンピード》となるのだ。そして、これが起きた迷宮は一段階ランクが上がる。この『咆哮の迷宮』も十年ほど前に一度氾濫を起こしており、そのために現状、B、Aランクの者しか入ることができないようになっていた。

「これも迷宮を作り出してるっていう精霊さんの都合じゃない？」

「でも、精霊もずっとコアの所にいるわけじゃないんですよ？」

「ん？　どういうこと？」

足を踏み入れた場所は鬱蒼《うっそう》とした森だった。

コウヤは話を続けながらも、転移結晶と呼ばれる石版に埋め込まれた水晶玉に触れる。すると、数人が乗れるくらいの大きさの魔法陣が足下に現れた。青白い光を放つその中に、タリスも入る。転移結晶に触れたコウヤの目の前に、階層番号のスクロールが現れ、それを十五に合わせてコールした。

「『転移』」

魔法陣が放つ光に包まれ、一瞬の眩しさに目を閉じる。次に目を開けた時には、そこは洞窟《どうくつ》のような場所に変わっていた。

「あれ？　コウヤちゃん、もしかしてこの迷宮って攻略済み？」

「はい。町付近の迷宮は全部。やっぱり迷宮産の薬草とか素材が一番ですから」

薬を作るコウヤは、ものによって迷宮で採ってきた薬草を使う時があった。何より、行方不明になった人を探すなど、自分で動いていたため、必要に駆られてということもある。

この転移は、攻略した転移ポイントのある階層へと移動することができる。つまり、行ったことのある階層にしか移動できない。大抵の迷宮は五階層毎《ごと》に転移結晶があり、その場所に移動できるのだ。コウヤのイメージとしては、エレベーターのワープ版だと思っている。

「……ここ、結構な難易度って聞いてるよ？」

「そういう所の方が物の質が良いですし、こうした捜索も必要になりますからね」

「コウヤちゃん、やっぱり強いみたいだね……」

コウヤは何気なく『攻略済み』の答えを返した。それはつまり、最下層のAランク冒険者さえ簡単には到達できないボスまで倒したということになる。それも、ソロでだ。

「コウヤちゃん、一個聞きたいんだけど」

「はい、なんですか？」

進み出していた足を止めてまで言われ、数歩先にいたコウヤはタリスを振り返る。

「さっき来る時にね。パックンちゃんを鑑定したんだ。僕は鑑定の【極】を持っててね。それでもコウヤちゃんを正確には鑑定できなかったから、パックンちゃんをしたんだよ」

「……」

コウヤはナチの一件から、リクトルスに泣きながら訴えられ、隠蔽スキルを一つ上げた。しかし、上げて間もないこともあり、今はまだ鑑定【極】以上を発動された場合、隠蔽しているという違和感を与えてしまうようだ。

「ごめんね。僕はそんな無闇に鑑定を使ったりする礼儀知らずじゃないつもりなんだけど、やっぱり気になっちゃってね。僕の感覚じゃ、コウヤちゃんはすっごく強いと思ったんだ」

Sランクは伊達《だて》ではない。現役ではないとはいえ、未だ能力が衰《おとろ》えることのないタリスは、その人を見れば大体の強さが分かる。それは、長年の勘ではあるが、確かなものだった。

「けど、報告書を見るとレベルが30くらいでしょ？　職員の虚偽《きょぎ》の報告は良くないよ？　まぁ、レベルを低く偽られたのは初めてだし、規定では上に偽るのがダメなだけで、低く言うのは問題ないから、罰《ばつ》はないんだけどね？」

ギルド職員であっても、本部に対して全ての情報を開示する必要はない。ただし、レベルを上にサバを読むことは許されない。いざという時に頼れないからだ。こうした行方不明者の捜索にギルド職員が同行したり、冒険者達の諍いに割って入ったりする必要があるためだった。当然、スキルもないものをあると偽ることが許されない。

ただしこれも、あるものを報告しないのは構わない。深くは詮索《せんさく》しないのが冒険者ギルドのルール。しかし、タリスの目にはコウヤが奇妙に映っていた。

「僕は君の上司になるしね。やっぱり把握しときたいのよ。だから、悪いとは思ったけど鑑定させてもらったの。君は隠蔽スキルが高いみたいだし、それなら従魔のパックンちゃんをと思ってね」

《あらら(--;)》

一般的に魔獣や魔物は、鑑定する側よりレベルが高い場合は見ることができない。ただし、鑑定の【極】以上になれば別だ。元々、脅威となる魔獣や魔物から、人々が少しでも確実に生き延びられるようにと作られたスキルなので、これに例外はなかった。

パックンはレベルが高いので、鑑定が【極】以上でないと見えない。そこまでスキルレベルの高い人はそうそういないため、コウヤは油断していた。

「あれだけ高いレベルだと、従魔にするのに３００は必要だと思うんだよ。それに……眷属ってあったよ。『聖魔神の眷属』ってね」

「え？」

「ん？　違った？」

《あれ？》

コウヤとパックンは揃ってきょとんとする。

「え〜っと。ちょっと待ってもらえます？」

「うん」

そこでコウヤはパックンを見た。

「ちょっと視るよ？」

《どぞ（・▽・）》

種族……ミミック（神の眷属）
レベル……560
呼称あり……パックン
魔力属性……空10
スキル・称号……無限収納（神）、伸縮自在（極）、偽装（極）、言語理解（大）、絶対防御自衛（極）、魔力操作（極）、彷徨える者、最上位種（同種）、聖魔神（半邪神）の眷属

一つだけ気になる点があった。それは最後にある称号『聖魔神（半邪神）の眷属』だ。再会した時は確か『邪神（魔工神）の眷属』だったはずだ。それがいつの間にか変わっている。

「なんで変わって……従魔術の後かな？　そういえば……」

改めて自身のステータスを思い出してみる。職業に『聖魔神（半邪神）』とあった。そして、思い至る。

「そうだ！　なんでか魔工神じゃなくなってたから、ゼストパパに確認しようと思ってたんだった！」

「……ん？」

《あ～……（^_-)》

正体を思いっきり暴露《ばくろ》してしまった形のコウヤだが、それにしばらく気付かない。

自身のステータスを改めて確認し、やっぱりそうだよねと頷く。

スキルや称号はもうごちゃごちゃと多過ぎて見る気がなくなるし、魔力属性は全てカンスト。気になるのはレベルくらいで、そこしか興味がなかった。そのせいで、ゼストラークに聞いてみようと思っていた疑問をずっと放置してしまっていたのだ。

そこでようやくタリスに見つめられていることに気付いた。

「コウヤちゃん……」

「あ……またお説教される……」

自分の迂闊《うかつ》さに気付き、反省するよりも先に、また今夜もリクトルスにお説教されるなと思うところがコウヤだ。

「コウヤちゃん、魔工神様だったの？」

「えっと……はい」

タリスを前に誤魔化すには、人としての人生経験がちょっと足りない。何より、コウヤは嘘をつくのが苦手だ。できれば人を騙したくない。

「魔工神様は邪神になってしまったはずでしょ？」

「そうなんです。ちゃんとその頃の記憶も断片的《だんぺん》にあるし、コウルリーヤだったっていうのは確かなんですけど……なんで聖魔神に変わったのか分かんなくて」

魔工神コウルリーヤであったというのは疑いようがないのだが、なぜか魔工神から聖魔神に変わっているのだ。

ここで称号のところを見れば少しは当たりをつけられたかもしれない。コウヤのステータスには、はっきりと『聖魔を合わせ持つ者』というのがあるのだから。

「というかコウヤちゃん。神様なの？」

「いえいえ」

「そ、そう……」

手を振りながら首も振ったコウヤに、タリスはちょっとほっとしていた。しかし、そこはうっかり者で正直者のコウヤだ。笑いながら続けた。

「まだちゃんと神族に戻れてなくって。括弧《かっこ》書きで【未】ってあるんですよ。これを取ってちゃんと神族に戻るのが俺の目標です！」

「そうなの……」

「はい！」

タリスはもう、諦めて全て受け止めるしかなかった。

とりあえず今はここでの問題を解決しようということになり、コウヤとタリスは階層を進むことにした。コウヤとしては、タリスの態度が変わらないのが嬉しい。多少呆れが入っていたが気にしない。

「こっちみたいです」

「コウヤちゃん、万能過ぎない？　やっぱり神様なんだね……」

コウヤは迷宮に入ったことで、内部の情報を把握していた。

《またきたー》

そして、出会う魔獣や魔物は、パックンが体当たりしてそのまま呑み込んでしまっている。

《ざっくざく～♪(^o^)♪》

「あれ、どうなるの？　もう無双《むそう》状態じゃない」

タリスはパックンにもそう驚き、呆れていた。レベルが高いのは知っていたが、ミミックに出会えること自体が少ない。その生態は謎なのだ。

「きちんと中で素材に変わるんですよ。解体いらずです」

《むふふ(￣▽￣)》

「なにそれ、ちょー便利」

感心しきりのタリスだ。

「完全に倒したものなら、そのまま保管することもできるみたいなんですけど、パックンの収集癖は素材にしか向かないみたいで」

《したいはいらな～い》

《にくはいるけど(￣^￣)》

「こだわりがあるのね……」

魔獣や魔物はここまで自身で思考し、好みをはっきり示すことはない。けれど、パックンは神の眷属だからというわけでもなく、そういうものと受け入れられる。憎めないキャラのお陰だろうか。

「でもパックン、迷宮は不満らしくて」

「なんで？」

ぴょんぴょんと跳ねながら、どんな大きな魔獣や魔物をも一呑みにしてしまうパックンは、タリスから見て、心底この迷宮を楽しんでいるように思える。だが、それでも不満があった。

「迷宮って、薬草とか植物以外、基本ドロップじゃないですか。丸っと余すことなく素材にできないんで、嫌なんだそうです」

「あ～、そっか、ああして呑み込んでても、もしかして、中に残るのはドロップ品だけなの？」

「みたいです。パックンは生きてるものも、時間を止めて保管できるんですけど、ここでは呑み込まれた時点で死んだことになるみたいで、すぐドロップ品に変わっちゃうんですよ」

「僕らにはひたすら便利だけどねぇ」

　一度呑み込まれれば、パックンの意思でしか中から出ることはできない。そのため、死んだとカウントされてしまう。そして、残るのはドロップ品。つまり、一部の素材だけなのだ。

　コウヤも、瞬殺だし便利だと思う。伸縮自在なパックンは、小山ほどのドラゴンさえ一呑みにできるだろう。それで終わりなのだ。最強過ぎる。

　ただ、もちろんどんな魔獣も簡単に一呑みにできるかと言われればそうではない。避けられたり攻撃されたりもする。パックンは機敏《きびん》に動けるわけではないので、この前のキメラにも逆に食べられてしまったのだ。

　そして、パックンが戦う時に使うのは、ミミックお得意の体当たりだけではなかった。

「ねぇねぇ、さっきパックンちゃんの口から電撃が出たんだけど、ミミックってそんなことできたの？」

　電撃だけではなく、火の球や風の刃なんかも出ている。

「パックンは魔法攻撃をそのまま呑み込んで保管してるんです。それを打ち出してるんですよ。ただ、あれも収集してるものなので、すっごく悲しそうに出してますけど」

《(ToT)/~~~》

　集める時は敵からの魔法攻撃を上手く呑み込まなくてはならないので、はっきり言って危険だ。なので、あまり数は集められていない。

戦闘がメインになるという時は、コウヤが補充してもいる。だが、補充された魔法攻撃は収集したものではない、とパックンの中ではカウントされるらしく、それを使う時はあんな顔はしなかった。

今回はその補充をすっかり忘れていたので、仕方なく集めたものを使っていたのだ。

「パック～ン。補充してあげるから、ちょっと休憩しよ～」

《(T^T)する》

大活躍だったのに、精神的にはダメージ大だったようだ。


迷宮内であっても、休息を取る方法は外と変わらない。魔獣や魔物除《よ》けの香《こう》を焚《た》いたり、木の上など、警戒しながらも休める場所を探したりして休息を取る。迷宮だからといって、魔獣や魔物はゲームのように目の前に突然現れたりはしない。人の目に付かない所で出現するのだ。

それに、倒した分がすぐにまた出現するわけではなく、強さや種類によっては数分から一時間ほどの時間がかかる。そこはどうやら、外の自然な状態を目指しているらしく、無駄にリアルを追求している結果だった。

コウヤとタリス、パックンは魔獣を殲滅《せんめつ》した場所に陣取《じんど》り、休息を取りながら状況を確認していた。とはいえ、パックンだけは、コウヤが空中にこれでもかと用意したそれぞれの属性の魔法の球を回収するのに夢中だ。

《o(≧▽≦)o》

まるでパン食い競争のように楽しんでいる横で、コウヤはお手製の迷宮の内部地図を広げていた。

タリスは口にはしないが、その地図の正確さに内心驚いていた。

ギルドでも販売しているが、そこまで正確ではなく、本当に大まかなものでしかない。元々、地図を描く技術が拙《つたな》い世界だ。精密な尺度の地図というのは難しい。できるとすれば、技工師で空間把握のスキルを持つ大工だろうか。しかし、彼らが迷宮の地図作りに気が向くはずがないのが現状だ。

タリスの心情を察することなく、コウヤは一点を指差していた。

「この下の十六階層に十数人ほど集まっている場所があります」

「報告では二パーティが行方不明だっけ？　動かないの？　怪我してるとか？」

通常は最高六人で一つのパーティが結成される。ギルドカードが同期できる最高人数が六人なのである。同期していなければ討伐のカウントがパーティでなされず、依頼の達成が証明できなかった。

もちろん、一つのパーティとしてカウントがなされないだけで、報酬やドロップ品をあとで山分けするならば、何人で組んでも構わない。

ただし、迷宮には独自のルールがあり、ボス部屋と呼ばれる最下層の部屋に入れるのは十八人まで。つまり、基本三パーティのみだった。

「怪我人や衰弱している人が半数以上です。移動しようともしていませんし……それも、どうやら隠し部屋っぽいです。この前来た時はなかった場所みたいですね」

「新しく出来たってこと？　氾濫も起きてないのに？　それはおかしいね？」

集団暴走《スタンピード》となる氾濫が起きれば、迷宮は攻略難易度を上げる。その時、隠し部屋や階層が増えるのだが、通常ではあり得ないことだった。

「それに、俺のスキルで本来分かるはずの範囲の情報が、察知できなくなってるんです」

コウヤの世界管理者権限のスキルならば、迷宮に入った時点で迷宮内の全てのマッピングが可能だ。しかし、ある一定の場所から下の情報が分からなくなっていた。

「それ、どの辺？」

「十七階層から下です。十六階層までしか分かりません。こんなこと、今までなかったんですけど」

この『咆哮の迷宮』には何度も来たことがある。だから、一歩入れば全階層の様子が分かるのは確認済みなのだ。それができないということは、この迷宮に確実に異変が起きているということ。

「マスターはこのまま先に十六階層の隠し部屋まで行ってもらえますか？」

タリスが強いことは、コウヤも分かっているので、この先を任せても大丈夫だろうと判断する。

「ん？　いいけど、コウヤちゃんはどうするの？」

「俺はここの管理者に直接状況を聞いてきます」

「管理者って、精霊のこと？　そんなこと……神様ならできるよね……」

「まあ、一応。そこは裏技があるので」

本来、迷宮を管理している精霊のいる場所へは、絶対に辿り着くことはできない。しかし、そこは神としての力を持つコウヤだ。やりようはある。

「負傷者のために薬と、パックンを連れて行ってください。部位欠損の薬もありますが、迷宮品だと言っておいてくださいね」

「うわぁ～、流石は魔工神様の生まれ変わりだね。そんな薬も作れちゃうんだ？」

「もうじき作れる人が現れますよ。そのためにも良い機会です」

「どういうこと？」

そろそろゲンが薬を完成させている頃なのだ。出回るまでの量は作れないし、現在では恐らくコウヤ以外にゲンしか作れない薬になる。

そうなれば、ゲンの価値は計り知れないものへと変わるだろう。彼を安全に守れる策が浮かぶまでは、貴重な薬は迷宮産と偽るつもりだった。今回の任務はそのための良い機会でもある。数人だけでも治療して、迷宮産の薬があるのだと冒険者達に印象付けるチャンスだった。

「お気になさらず。パックン、これ預かって」

《いいよ～(*^o^*)》

各種薬をパックンに預け、タリスと行ってもらうように頼む。

「場所、パックンなら分かるよね」

《うん。いっぱいあつまってるとこあるね》

魔力操作スキルが高いパックンは、壁や床を隔《へだ》てた向こうの気配も察知することができる。この階層からなら充分に分かるだろう。

「ならお願いね」

《まかせて♪》

「マスターも気を付けて。ブラッドホースが数体下の階にいるみたいなので」

「あ、さっきから感じてるの、ソレ？　ここってBランク設定でしょ？　マズいよ」

Aランクの魔獣が数体もいると聞いて、タリスが少々焦ったような表情を浮かべた。

「はい。なので本当に気を付けてください。食べ物とかもパックンが持ってるんで、俺が行くまで待機しててくれますか？　中にグラムというAランクの方がいるので、何かあれば頼ってください」

「了解。のんびり待ってるよ」

「そんなに待たせませんよ。では」

コウヤはこれまで来た道を戻って行き、タリスとパックンは下の階層へと向かった。

特筆事項⑧　氾濫が起きていました。

グラムは、道中で回収してきた怪我人達を目の端で確認して、この先どうするかを考えていた。

状況は間違いなく悪い。運良く見つけた隠し部屋は、中にいた魔獣を倒したので、セーフティーゾーンとなっている。これは完全な安全地帯で、魔獣や魔物は現れない。扉もある上、外の魔獣達はこちらから攻撃して刺激しない限り、入ってくることもない。

だが、薬や食料も底を尽き、出たくても外にはAランクのブラッドホースをはじめとした強い魔獣が徘徊《はいかい》している。助けを呼ぼうにも、そんな魔獣の中を突っ切れるだけの実力があるのはグラムだけだ。しかし、そのグラムも武器を破損してしまっていた。

「捜索が入った時に気付いてくれるか……いや、前はそのまま打ち切られたってコウヤが言っていたか……」

こうして自分が戻らないことをコウヤは不審《ふしん》に思ってくれるだろうか。ただの冒険者の一人でしかない自分を、少しでも気にかけてくれていたら、とグラムは願わずにはいられない。

「な、なあ、グラム……」

「……」

「なあって」

思わず小さな溜め息が出る。色々と考えているところに声を掛けてくるのは、自分より少々年下の冒険者ケルトだ。彼と一組の男女――コダとベルティが、グラムを不満げに見つめていた。彼らは何を隠そう、以前パーティを組んでいた元仲間五人の内の三人。グラムを追い出した者達だった。

「なあ……悪かったよ。だから……」

「っ……」

舌打ちしそうになった。

必死で顔を背け、この部屋の入り口を警戒する振りを貫く。

「許してくれたっていいじゃないっ」

「そうだよ。また一緒にやろうっつってんだからさぁ」

「……」

彼らは同じ村の幼馴染。グラムが冒険者になる時、無理やり付いてきた村の子どもの中でも、特に手を焼いていた子ども達だった。小さな村では、まだ働き手にならない子どもは邪魔なだけだ。だから、働き手に成り立てだったグラムが、そんな問題児達の面倒を見ながら仕事を手伝っていた。昔から器用で、何事にも真面目に取り組む性格だったのだ。

だが、流石のグラムも、五人もいるこの子ども達には手を焼いており、冒険者になろうと決めたのも彼らから離れて独り立ちがしたかったからだ。

一番上のケルトで三つ下。一番下が五つ下だ。子どもの年の差というのは大きい。グラムが村を出たのは十五歳。本来、冒険者は十歳で仮登録ができ、十二歳で本登録ができる。大人達が引き止めた結果、遅くなったのだ。そして、そのせいで一番下の子ども達までついてきて登録できてしまった。

それからは大変だった。グラムは一人で子ども達を養わなくてはならなくなったのだ。それでも文句を言わず、黙々と仕事をこなし、周りの大人達に助けられながらやっていくことができた。ひとえに彼の人徳《じんとく》故だろう。

一緒にパーティを組んで仕事をするようになったが、彼らの性格というのか、知らず甘やかしてしまった結果なのか、問題児なところはほとんど変わらなかった。まず、周りの意見に振り回される。そして、勝手な判断で突っ走る。後先考えず、失敗したら責任から逃げる。それをなんとかフォローしながら十年ほど頑張った。しかし、数の不利には勝てなかったのだ。

『いつまでも年上面《づら》すんな！』

『私達はもう子どもじゃない！』

そんな風に言われ、喧嘩別れした形だった。

そして再会した今。

「冒険者は体が資本だし……だから、グラムはもうキツイんじゃないかって思ったんだよ」

「すぐ、私達の意見に反対するからいけないんじゃない」

「俺らが何も考えてないみたいに言うしさぁ」

実際考えなしだっただろうとか、意見じゃなくわがままでしかなかったとか、勝手に年寄り扱いすんなとか色々言いたいことはあるが、それより何よりも気になることが別にあった。だから、諦めて口を開いた時、出てきたのはその疑問だった。

「お前ら、なんで三人なんだよ」

「そ、それはっ」

「っ……」

「だって……っ」

五人のはずだ。それが、三人だけというのが気になっていた。予想はできるが認めたくなかった。しかし、こういう勘は外れたことがない。

「っ……死んだ……グラムがいなくなってすぐに……」

「っ、チッ」

彼も分かっていた。自分が抜ければこいつらは死ぬ。彼らを無鉄砲で、考え知らずな冒険者にしてしまったのはグラム自身だ。けれど、もういらないと言われた時にはどうでも良くなっていた。寧ろ、誰かが死ねば反省するだろうと、自分のありがたみを知るだろうと思って見捨てたのだから。

辿り着いたユースールの町で腐っていたのは、半分はヤケを起こして弟分達を見殺しにしたという罪の意識からだ。

苦々しく思いながら、未だ彼らに目を向けることはしないグラム。そこに、見かねた別の冒険者が口を出す。

「お前らさぁ、さっきからグラムさんに何言ってんだよ。助けてもらったのに礼も言わねぇ。聞いてりゃ、お前らなんだろ？　グラムさんを追い出した昔のパーティって。真っ先に頭下げんのが礼儀だろうがよ」

「あ……」

「な、なんっ」

「おっさん達に関係なっ」

冷たい視線が彼らに突き刺さっていた。

当然だ。ここまでグラムが必死で駆け回って連れてきてくれたのだ。何より、グラムはこの辺りでは有名な、尊敬される冒険者の一人。ソロでAランクにまで上り詰めた逸材だ。

これによって、ようやく彼らは口を閉じた。

その時、グラムが警戒心をあらわにするのを感じて、数人の冒険者達も臨戦態勢を取った。扉が開いたのだ。そして、そこにぴょんと入ってきたものを見て、グラムは目を瞬いた。

「あ、確かコウヤの従魔の……パックン？」

《せいか～い♪》

コウヤの噂はすぐに町に広がる。連絡網があるかのように、良いことも悪いことも。パックンのことも、グラムが町を出る時には大分知られていた。情報元は解体屋だ。グラムの場合は、直接解体屋の親父から聞いた。彼とは昔からの飲み仲間なのだ。白いミミックなど、パックン以外に存在しない。その上、言葉が表示されるのだ。間違いようがなかった。

「コウヤが来てんのか⁉」

これに答えたのは、その後ろから現れた老人だった。

「来てるよ。君がグラムちゃんかな？　はじめまして、僕は新しくあの町の冒険者ギルドのギルドマスターになるタリス・ヴィット。よろしくね」

「え、元Sランクの……？」

その名前を知らない冒険者はいないだろう。伝説とまで言われた彼の冒険の数々の逸話は、今や世界中に広まっている。多くの冒険者達が憧れる存在だ。

「うん。現役は退いたけど、まだまだ君達には負けないよ。とはいえ、この迷宮は今ちょっとおかしいみたいだから、コウヤちゃんが戻るまでここで待機ね。パックンちゃん、薬と食べ物出したげて」

《あいあいさー！(￣^￣)ゞ》

パックンはぴょんぴょんと跳ねてグラムの目の前に来ると、いくつかの食べ物の皿や飲み物を出した。

「く、食っていいのか⁉」

《どぞ(・ω・)ノ》
その表示を見て多くの者が飛びついた。
そして、パックンは怪我人の元に行くと、一人一人じっくり見てから薬瓶を一本ずつ置いていく。
「の、飲めばいいのか……」
《なおしたいならd(^_^o)》
「ありがとうよ……」
薬の選別は的確らしく、次々に完治していく。そんな中、片足を失くしていた男へも薬を渡す。
「こ、これは？　俺はもう……」
《なおるよ》
《とくべつなめいきゅうさんだけど》
《がんばっていきていたごほうび》
「っ、ほ、本当に……っ、ありがとう……」
《(*^_^*)》
皆がパックンを自然に受け入れる、不思議な光景が広がっていた。彼らが皆、コウヤのことを知っているからだろう。町の者ではなくても、近隣に住む者達にもコウヤは人気者だ。
コウヤはユースールに住むようになる前までは、近隣の村や集落にも薬を売りに行っていた。コウヤの従魔と聞けば誰も警戒しない。

そんな中、コウヤを唯一知らないグラムの昔馴染み達だけが呆然としていた。

◆　◆　◆

一方コウヤは、一人で十五階層の転移結晶のある場所まで戻って来ていた。

転移結晶に触れ、魔法陣が足下に現れるとそれに干渉する。世界管理者権限のスキルを使い、精霊のいる部屋へと転移できるよう書き換えたのだ。

転移の魔法陣がゆっくりと形を変え、文字を変えていく。青白い光に少し赤が足され、コウヤの瞳の色と同じ薄い紫になる。この魔法陣を完全にコウヤの支配下に置いたのだ。

「『転移』」

眩《まばゆ》い光に包まれ、次の瞬間には幻想的な光の球が飛び交う空間に立っていた。その球は、空間に満ちた魔力。それが可視化されているのだ。

その魔力を生み出しているのが、空間の中央にある、虹色に輝くひと抱えほどの大きさの石。迷宮の核だった。その周りには、拳よりふた回りほど小さい薄茶色の丸い毛玉が、コロコロと転がっている。これが精霊だ。通常時はふわふわと、魔力の球と一緒に空中を漂《ただよ》って微睡《まどろ》んでいる。穏やかな存在だ。

「ここ、集団経営だったんだ？」

迷宮によっては、精霊一体だけで管理しているものもあるのだが、迷宮の力が大きかったり、一体ずつの力が小さかったりする場合、数体が集まって管理していることがある。

警戒しているらしく、ふるふると震えながらも丸くなって顔を上げない精霊達。神であった時は、彼らは飛びついてくるほど歓迎してくれていたのだが、今のコウヤは半神だ。完全な神族ではないために、不確かな存在と認識しているのだろう。

どうしたものかと考えていたコウヤだったが、そこで唐突に、迷宮の核の裏側から飛び出してきたものがあった。

《あるじさまぁ～、でしゅ！》

それは青灰色《あおはいいろ》で、綿毛のようにフワリと宙を飛んでコウヤの胸元にくっ付いた。

「ん？　あれ？　ダンゴ？」

《あいっ、でしゅ！》

顔を上げて返事をするその姿は、ハリネズミのよう。顔の周りからお腹は真っ白で、背中のふわふわとした毛は青味のあるグレー。少し舌ったらずな喋り方と口癖も昔と変わっていないし、キラキラとした円《つぶ》らな黒い瞳は可愛らしい。この子もパックンと同じ眷属のうちの一体。エリスリリアによって作られた特別な存在だった。

「ダンゴが干渉してるってことは、やっぱり非常事態？」

《でしゅ！　もんだいはコレ、でしゅ！》

ダンゴは、どの精霊よりも上位に立ち、時に迷宮の核の力を調整する役目も持っているため、世界中の迷宮を渡り歩く。転移が使えるため、移動には特に困らない。だがまさか、偶然にもこんな近くの迷宮に来ているとは思わなかった。

『コレ』と言った後、ダンゴの背中からポワンと煙が出る。それがまるで空気砲の煙のようにドーナツ型を取って、少し離れた所の宙に留まる。輪が大きくなり、両手を広げるよりも広がった。その状態が安定すると、中央に膜が張られ、映像が映し出される。

「なにこれ……」

そこは、最下層のはずだ。全体を映し出していくが、外壁や映る魔獣の種類を見ればそうだと思われる。しかし、明らかに常とは状況が違っていた。

「これ、もう氾濫じゃ……」

《でしゅよ？》

そうだよと、胸元にくっ付いているダンゴが小さく首を傾げる。大変可愛い。だが和んでいる場合ではなかった。

階層を埋め尽くさんとする数の魔獣達。最下層ということで、見えるのはどれもAランクかそれに匹敵する力を持つものばかりだった。これが放出されれば、近隣の村や集落はひとたまりもない。進路によってはそのままユースールの町まで来てしまえるだろう。それは最悪の事態だ。

恐らく、ダンゴは十七階層から下を封鎖《ふうさ》したのだ。ブラッドホースが十六階層にいたのは、警告の意味とこれ以上、下に人を通さないため。この異常事態に巻き込まないためだ。

《わるいのコレ！　でしゅ！》

「悪いのって……」

ズームされたそこは、この迷宮の最下層のボス部屋。

「……おかしいね。キメラがなんでケルベロスになってるの？　それも狂乱状態じゃない」

この迷宮のボスはキメラだったはずだ。それが三つの犬の頭を持つ、巨大なケルベロスに変わってしまっている。

迷宮のボスは、本来変わらない。氾濫が起きて迷宮の難易度が変わり、魔獣の種類が増えたとしても、ボスは強さが変わるだけ。その理由は、迷宮の核にある。核は、この迷宮があった場所で最も強い力を持つ魔獣の記憶を持っている。それがボスとして再生されるのだ。

そこでふとコウヤは思い至った。

「あれ？　キメラ？　そういえば……あのキメラって……」

コウヤがキレて思わず倒しに行った西の森にいたキメラ。それが現れたのはいつだっただろう。

もちろん、迷宮の魔獣を外に出すことはできない。しかし、違和感はあったのだ。その答えをダンゴが口にする。

《ボスのきおくをぬかれたでしゅ》

「抜かれた？　その核から？」

《あい》

核が持っていたボスの記憶。それを何者かが抜いたため、この土地にいた強い魔獣の次点としてケルベロスが出てきたようだ。

「そんなことできるの？」

《わたしたちなら、できるでしゅ》

誇らしげに言った後、ダンゴはしゅんと落ち込む。丸まって警戒していた他の精霊達も、いつの間にか二本足で立ち上がってこちらを見上げており、一緒にしゅんとなっている。大変可愛い。再び和みそうになる気持ちに気合いを入れ、コウヤは問いかけた。

「なら、他の精霊がやったの？　でも、そんなことって……」

単独でできることではないはずだ。精霊は迷宮の管理に誇りを持っている。その地の力、記憶を大切にしているのだ。それを抜くなど精霊の意思ではないような気がした。本来、そうして記憶を抜くのは迷宮のランクを調整する時。または、その魔獣や魔物のドロップ品が少なくなった時だ。ドロップ品の多くは、迷宮の外の世界で人知れず倒れた魔獣や魔物の素材だ。精霊達はそれらを見つけ、魂を世界に返し、残された遺骸を丁寧に素材として保管する。そうして、世界に還元《かんげん》していた。

倒れた獣や魔物の数に左右されるため、倒しても何もドロップしない場合もあるし、望む素材が必ず出るとも限らない。出現する魔獣や魔物は、迷宮によって違うため、精霊達は独自の方法で他の迷宮と素材を融通し合っていた。これらは保管状態も良く、最高の素材として人々の手に渡る。

そんなある意味プロ意識の高い精霊が、何のために、よりにもよってボスの記憶を抜いたのか。

そのせいで魔力バランスが崩れ、氾濫が引き起こされようとしている。精霊は元来穏やかで平穏《へいおん》を好む。この結果を望んでのことではないはずだ。

《しえきしゃがいたみたいでしゅ》

「使役者《しえき》……精霊と契約できる条件を満たした者がいるなんて……」

精霊は火、水、風、土の四属性と光と闇の、合わせて六つの属性に適性がある者、更には神の特別な加護がある者としか契約することはできない。

それぞれの属性の魔力レベルも全て6以上でなくてはならなかった。一般的に魔力レベルは7段階だと思われている世界で、当然6は難しい。人族では、死ぬまでにどれか一つの属性が5まで上がれば天才と呼ばれる。3に達せば一流という認識だ。だからこそ、余計にあり得ないことだった。

ここでコウヤは勘違いをしていた。ダンゴは『使役者』と言ったのだ。『契約者』ではない。それがあり得てしまった理由だ。しかし、今はそこに言及することはなかった。

「ダンゴみたいに変異種とか？　けど、そもそも記憶を抜いて何するの？」

一体どうするのだろうと考えたところで、あの時のキメラが思い浮かぶ。

「まさか、その記憶を本物に移植した？」

《できるかもでしゅ》

迷宮の核は、大地によって作られた魔核《まかく》。魔獣が体内に持つ魔力の源である魔核と同じと言えなくはない。そこに働きかければ、あるいはということだ。

「なら、魔核を見れば分かるかもしれないね」

《でしゅ》

キメラから回収した魔核はコウヤが持っている。あとで調べようと決めたところで、今後のことを相談する。

「あれはもう消せないいんだね？」

《でしゅ……》

現れてしまった魔獣は、管理している精霊であっても消すことはできない。魔力から変換されてしまっているので、人に倒してもらうしかないのだ。

「なら少しずつ、何回かに分けて上の階層に上げられる？　外に出さないように迎撃する」

《やるでしゅ》

本来の氾濫は、精霊達も魔力過多で興奮状態になるのだが、今回は上手くダンゴが抑えてくれたようだ。お陰で多少は調整できる。

とはいえ、階層封鎖は、そう何度もできるわけではない。いくら神の眷属であるダンゴでも、三回に分けて上げるのが限度だろう。何より、今の封鎖している状況も長くは続けられない。

「十六階層にいるマスターや動ける人にも手伝ってもらう。もう少し耐えられる？」

《がんばる、でしゅ》
ダンゴに触れているから分かる。体温が低くなっているのだ。それは、魔力切れが近いサイン。
「ダンゴ。今までよく頑張ったね。俺と再契約しよう。それで、俺の魔力を分けられる」
《あいっ、あい、でしゅっ、あゆじしゃまぁ……っ》
今まで気を張っていたのだろう。堪《こら》え切れなかった涙がポロポロと流れ出す。そのダンゴに、コウヤは従魔術を発動した。

種族……精霊（神の眷属）
レベル……500
呼称あり……ダンゴ
魔力属性……無10、闇10
スキル・称号……魔力操作（臨）、言語理解（大）、飛翔（大）、睡眠休息（極）、隠密擬態（神）、絶対防衛自衛（極）、迷宮管理（神）、迷宮管理の支援者、大地の夢を守る者、最上位種（同種）、聖魔神（半邪神）の眷属

契約が成立し、ステータスも確認すると、ダンゴにここを任せてコウヤは皆に合流するために十六階層へと急いだ。

コウヤがその隠し部屋に辿り着くと、扉を開けたところでパックンが飛び付いてきた。それを難なく受け止める。

《まってた～》

「お待たせ、パックン」

どうもコウヤの眷属は甘えただ。この分だと、残るもう一体も寂しがっているかもしれない。

「コウヤちゃん、どうだった？」

パックンはぴょんとコウヤの手から降りた。そのまま、手を振るタリスに向かって歩き出したコウヤの前を、先導するように飛び跳ねて進んでいく。

タリスとグラムの二人は、椅子とテーブルについていた。パックンの持ち物だろう。その証拠に、コウヤがテーブルに近づくとそこに同種の椅子を出した。

《はい、イスをどうぞ》

「ありがとう」

席に着いたコウヤに、グラムが頭を下げる。

「すまん、コウヤ。わざわざ来てもらって」

「いいえ。グラムさんこそ、みんなを見つけてくれたんですね。ありがとうございました」

「いや、俺はやれることをしただけだ」

「充分過ぎます。何より、この事態に気付かなかったこちらが悪いです。もっと早く調査するべきでした」

忙しさにかまけて対策が遅れてしまった。もしここにダンゴがいなければ、間違いなく既に氾濫が起きていただろう。それも、幾つもの集落や町を呑み込む大災害クラスの集団暴走《スタンピード》になっていたはずだ。

「確かにね。これはギルドにも非があるよ。コウヤちゃんがそこまで言うってことは、状況は悪いのかな？」

「かなり悪いです。原因も一応分かりました。今から説明します。その後、協力してもらわないといけませんので、質問はこの迷宮を出てからということでお願いします」

そう言い置いてから、コウヤはダンゴから仕入れた情報を開示していく。何者かの手によって、氾濫が引き起こされた可能性があると聞いたタリスは、今までにはない険しい顔をしていた。

「……今は話し合ってる時間はないんだよね？」

「そろそろ準備が整います。魔獣達を外に出して集団暴走《スタンピード》となれば、間違いなくユースールの町ですら壊滅するでしょう。ここで食い止めないといけません」

「うん……そうだね。分かった。僕は協力するよ。他の子達はどうかな？」

コウヤの話を、この部屋にいる者達は聞いていたのだ。タリスが確認をする。

「もちろん、無理にとは言わないよ。ここは安全なんだよね？」

「はい。安全地帯として確保してもらってます」

この隠し部屋は、急遽《きゅうきょ》ダンゴが作り出したらしい。この異常事態の中で、犠牲者をあまり出さないようにと願いながら。何より、この迷宮に入ってくるだけの力を持った者達だ。いざという時の戦力として見込んでいたということもある。体を休め、動けるようになれば、この迷宮に異常があるということが外に伝わる。そうすれば対策も取ってもらえるだろうという目論見《もくろみ》もあったのだ。

「ここで休憩できるんなら、俺も行く」

「足が治ったら俺も手伝う」

「私も」

誰もがやる気に満ちた声で名乗りを上げる中、パーティを組んでいるらしい三人の男女だけは不満そうだった。

「スタンピードをこの人数で止められるのか？」

「集団暴走《スタンピード》にはなりませんよ。これはまだ氾濫です。数が多いだけで集団暴走《スタンピード》とはいえませんから」

丁寧にコウヤが答える。

「ギルド職員のあんたはいいわよね。戦わないいんだから」

「いえ、俺も戦いますよ？　非常事態ですからね」

「はぁ？」

コウヤが戦うと聞いてキツそうな顔の女性は、あからさまにバカにしたような声を出すが、笑顔で弾き返しておいた。傍らの別の男性が突っかかってくる。

「お前みたいな、ナヨっちいやつがいたら足手まといだ」

「一応、これでもギルド職員ですから。一人でこの迷宮を何度か探索して攻略も終えてます。足手まといにはならないつもりですよ？」

「……何言ってんだ？」

ギルド職員だから攻略しているという理屈が伝わらなかったらしい。とはいえ、彼らに丁寧に対応している時間はない。

「そろそろ良いですか？　第一陣が向かってきてますので。ご協力いただける方は、本当に気を付けてくださいね。三回ほどに分けられる予定ですし、少しだけここで休む間も取れると思います。薬はまだありますので、死なない限りは俺が何とかします」

これに問題の三人以外が頷いて立ち上がる。

「パックンは後方支援をお願い」

《は～い》

《まりょくじゅうてんできてます！》

《しえんときゅうごにあたります！(^^)》

パックンにとって、迷宮の魔獣や魔物は旨みが少ないので文句は言わない。たっぷりとコウヤの魔法を溜め込んだこともあり、遠距離攻撃にも問題はないのだ。万が一、怪我人が出た場合もパックンが運んでくれる。当然、その運搬方法は中への収納なのだが、今は言わないでおく。何事も知らない方が良いことはある。

「それじゃ、戦闘開始だね」

タリスが楽しそうな笑みを浮かべるのが印象的だった。そのまま、テンション高めな彼が先陣を切る。

「一気に奥まで行くよ～」

どこまでも楽しそうな声に励まされる。彼がいれば大丈夫だと思えた。それに引っ張られるように、冒険者達は次々と部屋を飛び出していく。それを見送りながら、グラムとコウヤはゆったりと部屋を出た。

一応、全員が本当に戦闘を行える状態なのかを確認するためだ。決して、サボろうというわけではない。しかし、後ろから離れてついて来ている三人の面倒な冒険者達の目には、そう映っていることだろう。

それを気にしているのはコウヤではなく、グラムだ。タリスと先頭を切って戦いたそうな彼だったが、コウヤが心配で最後に残っていたのだ。とはいえ、お陰で色々と質問するにも都合が良かったらしい。そして、すぐに後ろの三人が気にならなくなる。

「後ろから来ることはないのか？」

「ここへ来るまでに全部倒してきました。これ以上の出現も止めてくれるので、大丈夫です」

グラムの心配を、コウヤがあっさり解決した。

「それと、グラムさんにはこれを。その武器、破損してますよね」

「あ、ああっ、そうだった」

コウヤはグラムの腰にある、鞘に収まったままの剣を一目見ただけで状態を看破した。そして、コウヤが手のひらほどの大きさで開けた亜空間から引っ張り出したのは、グラムが普段使っているものと同じ長剣。

「そっちの剣は預かっておきます」

「頼む……」

交換するようにして、剣を受け取ったグラムがそれを鞘から抜くと、感嘆の溜め息を漏らす。

「なんだ……これ……」

「一応、聖剣です。そんな無茶苦茶なものじゃないので、遠慮なく使ってください」

「いや……聖剣な時点で無茶苦茶だろ」

これはコウヤが先日打ったものだ。ゼストラークに言われた通り、片手間くらいに力を抜いて打った。どれくらい力を抜けば良いのか分からなかったので、完全にお試しの一品だ。ただ、それでも鑑定では『聖剣』となってしまったのだ。また処分するのに困る一品が増えてしまったと肩を落としていたが、ここで役に立ちそうで良かったとコウヤは微笑む。

「聖剣とかって、持ち主選ぶんで困るんですよ」

「……そうか……俺でいいのか？」

「いいみたいです。鞘から抜けましたもんね」

「……」

抜けなかったらどうするつもりだったんだという視線が突き刺さったが、コウヤは気にしない。結果良ければ全て良しだ。

「さぁ、行きましょう。マスターがもうかなり先まで行ってます」

「ん？　あ⁉」

他の冒険者達が慌てて、タリスがわざと取りこぼしたらしい魔獣を相手にしながら奥へと進んでいっていた。それを追い、遠くに在るタリスの様子を見て、コウヤは目を瞬かせる。

「あれ？　あの武器……」

「すげぇな……あれでどんな集団にでも突っ込んで行くって有名なんだ。遠距離の有利をあれで活せてんのか微妙だけどな……」

「そのようですね……」

タリスの武器は『鎖鎌《くさりがま》』だった。その身軽さや見た目から、てっきり魔法による攻撃を得意とするのだと思っていたのだが、これは予想外だ。その上、その武器には大変見覚えがあった。

「あの鎖鎌……結構な難易度の迷宮に置いてきたはずなんだけどな……」

グラムに聞こえない声でぼそりと呟いた。

人は『聖剣』や『魔剣』といった剣に伝説を求めがちだ。だが、実はこれらに匹敵、あるいは上回る力のある武器や防具が、世界には存在する。それらは『魔装《まそう》武器』と呼ばれるのだが、実はこれらの武器は、コウヤがまだ魔工神であった時にゼストラークとお遊びで作ったものだった。

特殊な武器はどうしても使い手が少ない。だから、作ったところで使いこなせる者などいないだろうとタカをくくっていた。ついつい調子に乗って作ってしまった武器の数々は、出来上がってからどうしようということになり、難易度の高い迷宮の最奥や、人が寄り付けないような過酷な環境の場所に放棄していたのだ。

もちろん、誰にも扱えないような危ないものは、しっかりと念入りにコウヤが封印したので心配はいらない。

今タリスが使っている鎖鎌は、難易度の高い迷宮を管理していた精霊に託していたものだ。最深層のボスを倒せる絶対的な力を持つ者で、気に入った人がいたら渡せば良いと言って託した。どうやら、精霊が使い手として認めたのがタリスだったらしい。

「完全に使いこなせる人がいるなんてびっくりしました」

その鎖鎌の鎖には、いくつもの魔法陣が刻まれている。魔力を流し込み、特定の魔法陣を発動させることで、鎌に魔力属性を付与することができるという、まさに魔工神と技巧を司る神の技術を存分に発揮した『魔装武器』の最たるものだった。

そうして感心しながらも、コウヤは魔獣を斬り捨ててタリスへと近付いていく。その隣を、グラムが剣の斬れ味に顔を引き攣らせながら駆けていった。しかし、グラムがそんな顔をしているのは、聖剣のせいだけではなかったらしい。

因みにこの時、既に問題の三人はコウヤ達のスピードについて来られていなかった。

「俺は、コウヤの方に今びっくりしてんだが……」

「何がですか？」

「いや、何って、それ何だよ……」

コウヤは体を捻りながら、両手に持った武器を一閃させ、ブラッドホースの首を刎《は》ね飛ばしていた。

「何って、俺の武器ですよ？」

「剣じゃないよな？　ちょい長いが、コウヤの机に置いてあるやつに似てる気がするんだが？」

コウヤが裏で事務仕事をするための机。受付の後ろにあるその指定席に置かれているのはシルバーに輝く細長いナイフ。それよりも長いが、輝きといい、細さといい、見た目といい、全てそっくりだ。

「あ、大丈夫ですよっ。脂とか血があとでキレイに落ちる素材を使ってるので、ちゃんと紙も切れます」

「だよな。それ、ペーパーナイフだよなっ」

グラムは叫びながらも、聖剣のお陰もあり、ヤケクソ気味に着々と成果を上げていく。

「これなら、ギルド職員の俺が常に持ち歩いていてもおかしくないでしょ？」

「いや、おかしくないかと言われればそうかもしれんが、その切れ味で鞘がないとか怖いだろっ」

流石はグラムだ。もう、コウヤの武器がペーパーナイフであることは受け入れた。気になるのは無造作に取り出したことだ。

コウヤはそのペーパーナイフを、腰のベルトに付いている細いケースにまとめて入れていた。

「先は丸いですし、このカバン、結構丈夫なんですよ。あっ、危ないですっ」

コウヤは前方で数匹の魔獣に囲まれていた男へ警告し、その魔獣達に腰のケースから取り出したものを数個同時に放った。

「投げナイフ⁉」

柄《え》の部分が細いペーパーナイフなら、手に持っていても他の指で別の何かを取ることができる。

それらは見事に魔獣の喉に突き刺さり、数体が一度に倒れる。パリンと死体が弾けて消えた後に、投げられたものと数個のドロップ品が転がった。一瞬、どちらがドロップ品か分からない。

しかし次の瞬間、コウヤの投げたそれらは、まるで意思を持っているかのようにひょいっとコウヤの手元に戻ってきた。

「は!?」

思わず、助けられた冒険者も呆然としてその行方を目で追った。コウヤの手に戻ったそれがなんであるのかが、ようやくはっきりと確認できる。

「コウヤ、それ……何だよ」

「え？　羽根ペンですよ？　あ、どうして戻ってきたかですか？　魔力を細く強く編《あ》んで、糸のようにしてこれに付けていたんです。これだと、属性付与もできるんですよ」

ある意味、タリスの使う鎖鎌と同じだ。コウヤは魔力操作の要領で羽根ペンの行き先も操作し、先端に属性の魔力を纏《まと》わせることで、攻撃威力も上げていた。

「ナイフじゃないのかよ……」

「ナイフもありますよ？　けど、ほら」

コウヤはどこからともなく取り出した投げナイフを、前方の魔獣に向かって正確に投げた。すると、その向こうにいた数体の魔獣の体をも貫通していく。そして、曲がっていた通路のお陰で、突き当たりの壁に突き刺さって止まった。それがなければ、どこまでも飛んで行ってしまっただろう。

「予想以上に威力が乗っちゃうのは調整しないといけないんですけど。実験で特殊な属性をちょっと付与したのがいけなかったみたいで、威力によってはどこまでもなんでも貫通して真っ直ぐ飛んで行っちゃうんですよ」

「……とんでもねぇな……」

投げた方に真っ直ぐ、とにかく真っ直ぐに飛ぶ。放物線も描かない。本当に真っ直ぐ飛んでいくのだ。

コウヤは、宇宙空間で物体が速度も変わらず真っ直ぐに進むのをイメージしてこれを作った。子どもの頃に夢中で作った紙飛行機。それがずっと飛んでいくような、そんなものができないかと夢見た少年の頃を思い出して、完全に趣味とお遊びで作った一品だった。

「因みに十本セットです。『一途《いちず》』って命名しました」

「そ、そうか……」

コウヤに後悔はなかった。


その後も、コウヤ達の快進撃は続いた。

「……あの人達、なんであんなに元気なんだ……」

一度目に放出された魔獣や魔物達を、冒険者達はなんとか倒し切っていた。先頭を行くタリスが、上位種や強いものを巧みに選んで倒していってくれていたので、漏れてくるのはBランク以下のものばかり。

しかし、そうは言っても数からしてBランク相当だ。ここにいるのは、Bランクの魔獣を数人でなんとか倒せるくらいの力量しかない者達ばかり。そこで、コウヤがそれぞれの武器に魔力を付与して、威力を格段に上げた。これによって戦況はかなり楽になり、一対一でも倒せるくらいの力を得られたのだが、数が数だ。次第に集中力も体力も限界が来る。

そんな時に活躍するのが、後方支援のパックンだった。一撃でAランクの魔獣でも粉砕《ふんさい》する魔法の球を口から打ち出し、危なくなれば正確に支援してくれる上に、後ろへ敵を一切通さない。

冒険者達が取りこぼしても、パックンが何とかしてくれる。それに、怪我をすれば、その人へパックンは治癒魔法の球を投げて寄越す。これには皆も大変驚いていた。

「回復もできるとか……あれは神の使徒《しと》か……」

ある意味大正解である。

第一陣が終わり、休息を取るために一度隠し部屋に戻ると、ほとんどの冒険者達が跪《ひざまず》いてパックンを拝んでいた。

《なにごと？(^_^;)》

パックンとしては、攻撃魔法と同じように、コウヤが遊び心と実験によって治癒魔法まで用意していたというだけのこと。特に大したことをしたわけではないと思っている。

寧ろ、薬の数が減ってきていたので、いつでも補充の利く治癒魔法を使っただけだ。微妙に収集癖が作用した結果だった。

「神の使徒様！　パックン様！　この御恩は一生忘れません！　村に帰りましたら、すぐに貢《みつ》ぎ物をご用意いたします！」

今にも祭壇《さいだん》を用意しそうな勢いだ。

《え？　なにかくれるの？(^o^)》

「はい！　珍しい果物はどうでしょう」

「美しい反物は？」

「お金でないのが申し訳ないのですが……」

《おかねはいらないよ？》

「流石は使徒様！　慈悲深《じひぶか》くいらっしゃる！」

《そう？(^ω^)》

パックンはいつも通りパックンだった。

「なぁ、あれ、いいのか……」

グラムが若干引いていた。

「パックンは欲望に忠実なだけですけどね。何事も円満《えんまん》ならそれに越したことはないかと」

「コウヤはたまに潔く割り切るよな……」

そんなことを話しながらもコウヤは、下の様子をスキルで探っていた。それに気付いてタリスが近付いてくる。

「状況はどんな感じ？」

「強さのバランスを取って放出してくれたみたいで、順調なんですけど、やっぱり数が異常に多いので」

ダンゴは強さの偏りがないよう、強いものと弱いものの数をバランス良く調整して、第一陣を用意してくれていた。この後の二回も一回ずつで見れば同じくらいの総力となる。

しかし、とにかく数が多かった。なんとか対応できるように冒険者達の武器を強化したが、扱う者の体力と気力はどうにもならない。タリスも今現在の冒険者達の状況を確認して頷く。

「うん。多分、みんな次のを全部相手にするだけの余力はないね。ほぼさっきのと同数出てくるってことでしょ？」

「はい。なので、次はランクの低いものから順に出してもらいます。第二陣までは頑張ってもらって、最悪最後は俺とマスターで」

「うん。それがいいね」

一陣だけでも彼らは体力、気力共にギリギリまで追い詰められていた。パックンを挟んでいるのは、そんなギリギリの精神状態で少しおかしなスイッチが入っているからだ。

「俺もやるぞ」

聞こえていたらしいグラムは、真剣な顔で訴えてくる。

「でしたらその時は、パックンと後方で取りこぼしの処理をお願いしてもいいですか？」

「……分かった。後ろへは絶対に通さねぇ」

「はい。お願いします」

コウヤに笑顔で押し切られては、グラムも諦めるしかない。今回のことで、コウヤが強いことは充分に分かったのだ。そう、グラムは忘れていた。コウヤは一人でもキメラを倒すことができるということを。

方針が決まると、コウヤはある場所へ向けて声を掛ける。それは空中だった。

「聞こえたね、ダンゴ。数は予定通り。上位種は残して、下のランクから魔獣を出して」

『ぴー』

部屋に微かに返ってきた鳴き声に、グラムとタリスがそちらを見上げる。

「ん？　なんか聞こえたぞ」

「可愛い声だったねぇ」

ダンゴの声は、コウヤにしか言葉として聞こえないのだ。

「はい。了承が取れました。先ほどとほぼ同数になると思いますが、恐らく通常のBランクまでしか出てきません。他の方々には、この二陣までは頑張ってもらいましょう」

これを聞いた冒険者達は、泣きそうになりながらも頷いていた。

ふと、気になってあの問題の三人へ目を向ける。すると、グラムが気付いて口を開いた。

「あいつらは放っておいてくれていい」

「お知り合いですか？」

コウヤは、彼らを見るグラムの表情の中に、何かを堪《こら》えるようなものを感じてはいた。それが何かを察してはいても、聞く機会がなかったのだが、ここでコウヤは至って自然に問いかけることができた。

「昔の仲間だ……話したろ。追い出されたって」

グラムが町に流れ着いて間もない時に、あらかたコウヤは事情を聞いていた。絶望の中にあったグラムを勇気付け、再び前を向かせたのはコウヤだ。グラムも今更言い渋ったりしない。

「年下の方ですよね？　そういえば、聞いたことなかったんですが、パーティ名をお聞きしても？」

「『イストラの剣』だ」

その名前のパーティの情報を、世界管理者権限で検索をかける。全く見たこともない人物を検索するのは今のコウヤには無理だが、目の前にその人物がいれば、噂話程度なら収集できるので便利だ。一通りの情報を理解するのにそれほど時間はかからない。光ほどとはいかなくても、音速程度の速さで処理可能だ。

「……なるほど。よく分かりました」

「ん？　分かったたって何が……」

思わず呟いたそれを聞いていたグラムが不思議そうに見るが、笑顔で誤魔化しておく。

「大丈夫です。躾《しつけ》はいつからでもできますよ」

「今その笑顔が怖いんだが……な、なんでもない」

「はいっ。冒険者のサポートをするのが俺の仕事ですから。全部お任せください！」

「お、おう……」

仕事だと言われてしまえば、グラムも口は出せない。少しだけあの三人が気の毒に思えたらしく、そっと目を逸らす時に気まずげな表情を見せたのだが、疲れて呆然とする三人は気付かなかった。

◆　◆　◆

『イストラの剣』。

そのパーティ名の由来は単純で、イストラというのが彼らの故郷の村の名前だった。剣は単に格好いいから付けただけに過ぎない。

グラムが出て行って次のリーダーとなったのは、その中で一番年長となったケルトだった。

何かと口煩かった年長者のグラムを追い出したのは、浅はかだったと言える。グラムがいなくなって初めて、自分達は守られていたのだと知った。冒険者として活動するにしても、ただ町や道中で休むにしても、全部グラムが気を配り、面倒を見てくれていたのだ。

ケルトは一番初めにこれに気付いた。グラムがどれほど自分達に心を砕いていてくれたか。何よりも、自分達が彼の足手まといでしかなかったことに気付いたのだ。

しばらくして、二人の仲間が依頼の途中で死んだ。リーダーになって、どれだけ指示を出しても仲間達が前ほど協力的に同意してくれなくなったと思い悩み始めた矢先のことだった。リーダーとして仲間を守らなくてはと思うからこそ反対意見も言うし、無茶をさせられない。

ケルト自身も、以前は仲間達と同じ振る舞いをしていただろう。グラムは正しかったのだ。それを思い知ったのが、二人の家族同然の仲間を失ってからというのだから笑えない。

残ったのが一番年下だったコダとベルティ。最も手のかかる弟妹だ。子どものまま大きくなったような、そんな問題児達だった。

「グラムに会いに行く」

最初、ケルトは一人でグラムに会いに行くつもりだった。寧ろ、この二人から離れたかったのだ。しかし、そうはならなかった。

「いいよ？　ついでに強いのがいる迷宮とか寄っていこうよ。お金がそろそろないしさぁ」

「それいいな。俺、毛皮の付いたブーツ欲しいいし、あそこ行こうぜ。『咆哮の迷宮』」

「……今の俺達じゃあそこはギリギリのはずだ。受けるにしても中層までも行けないぞ」

たった三人になったパーティ。そろそろギルドによってはランクの再認定がなされる頃だ。グラムが抜けたことで一つ降格してCランクのパーティとなっており、そこに更に二人も欠けたことで不安視されていた。その上で最近は特に、勝手をする二人に振り回され、達成率が下がっているのだ。また降格は免れない。

それでもあと一度は依頼をCランクで受けられるはずだ。Cランクとその下のDランクでは報酬が格段に違う。金欠気味な現状では、手堅いのを一つでもCランクで受けておきたい。

しかし、残念ながら受けようとしていた『咆哮の迷宮』での依頼は、Bランクでも少々難しいものだった。だからといって、ケルトを含め、素直に諦める三人ではない。依頼を受けず、素材を集めるためだけに入る冒険者もいる。もちろん、その場合に何かあっても、ギルドは関知しない。迷宮に入るのは自己責任だ。

そうして、入った迷宮で絶望を知った。

「何よこれ！　全然倒せないじゃない！」

「Bランク推奨だろっ。なんでこんなことになるんだよ！」

とにかく逃げ回った。元々、連携が上手い方ではない。ここはソロのBランクでギリギリといった難易度。そもそも、迷宮をソロで攻略しようとする者はごく少数なのだ。

そんな場所で連携を取れないのならば、ソロで当たっているのと同じ。ケルト達の個人のランクはDとCだ。全く歯が立たなかった。

「だから無理だと言ったんだっ」

二人は、十年以上前の、グラムがいた頃の感覚のままでいるのだ。ほとんどグラムの力だったということを、未だ彼らは理解していなかった。そして、決定的なミスを犯《おか》した。迷宮内で闇雲《やみくも》に走り回ればどうなるか。右も左も分からなくなる。

「ねぇ！　出口どっちよ!!」

「ここ何階なんだ!?」

かった。

そうして上への階段を見つけられず、代わりに見つけた下への階段。もしかしたら転移結晶があるかもしれない。そうなれば、この迷宮から一気に脱出できる。そう思って下に降りるしかなかった。

結果的に、そこには転移結晶はなかった。階段のある場所は、それほど魔獣も行き来しない。だから、なんとかそこで数日持ちこたえることができた。とはいえ、前にも後ろにも行けない状況では、飢え死にする未来しかない。

「くっ……」

「どうなっちゃうのよ……」

「なんでこんなことになんだよっ」

「……」

誰も通らない。それが更に絶望させる。そんな時だった。

「お前ら……ケルトか？」

「グラム……っ」

随分と容姿が変わっていた。表情も違う。どこか耐えるような固い表情しか思い出せなかったケルトの中に、村にいた頃のグラムの表情が浮かんだ。そう。グラムはあの頃のような、気力に満ちた表情を見せていたのだ。

「……ついて来い」

グラムは一瞬痛みを堪えるように顔をしかめた後、一言そう言った。グラムはこの時、二人の冒険者を両肩に担いでいた。

「その人達……」

「怪我人だ。いいから静かについて来い。それと、絶対にこの先俺の指示に従え」

「わ、分かった」

ケルトは頷きながらも、心配して仲間の二人を見ると、流石にこの状況では口も利けないらしく、神妙な表情でついて来ていた。

グラムは、時に怪我人を壁の端に下ろして魔獣を倒していく。ただ、武器の調子が悪いらしく、かなり力押しになっているようだ。そうして、辿り着いたのは隠し部屋だった。そこには既に十人ほどの冒険者がいた。

「ここで大人しくしてろ。食べ物があるなら、少し分けて……」

「持ってない……」

「……そうか……」

自分の未熟さを痛感する。こんなことも想定し、もっと食料を持っておくべきだった。グラムが以前も言っていたのを思い出す。最悪の事態を常に想定して用意するものだと。それを事態が起きてから思い出していては意味がない。

「分けてもらえ。少しだぞ。いつ出られるか分からんからな」

「ごめん……」

「……」

その謝罪が、何についてなのか、ケルトにも曖昧だった。けれど、グラムに会ったら言おうと思っていたのも確かだ。戻ってきて欲しい。側にいて欲しい。そう強く思うのは甘えだ。許してくれるとは思っていない。けれど、どうしても言いたかった。

『ごめんなさい。だから、もう一度一緒に……』

しかし、それだけは言いたくても言えなかった。ケルトは別れてからずっとずっと、それを心の中で叫ぶように言い続けることしかできずにいたのだ。

◆◆◆

コウヤは、時折グラムに何かを訴えるように向けられる視線に気付いていた。けれど、恐らくグラムは気付いていないだろう。グラムは無意識に目を逸らし、相手は伝えることを迷っている。

「反省はしてるのかな……」

三人のうちの一人。一番浮かない顔をしている男。青年なんて呼ぶ年ではないかもしれないが、その心細そうな瞳は、実年齢より若く感じさせる。他の二人などは、振る舞いや受ける印象がまるで子どもだ。けれど、コウヤより遥かに年上。三十代半ばだろう。完全に世間知らずとしか言いようのない男女だった。

「まあ、もう少し頑張ってもらって、軽口叩けなくなるまで追い詰められれば話も聞くかな」

「どうした？　コウヤ」

コウヤは、微妙に黒いことを考えていた。少し怒っているということもある。

グラムの方の意見しか聞いてはいないので、これは贔屓《ひいき》になってしまうが、それらを差し引いても彼らには反省しなくてはならないことがあるとコウヤは思う。だが、今はこの状況をなんとかするべきだ。心の内は口にはしない。

「いいえ。思ったより他の方々の消耗《しょうもう》が激しいみたいですし、一気に数を減らしますね」

「あ、ああ……」

コウヤは手にしているペーパーナイフの一本を、魔獣が固まっている場所へ投げる。地面に突き刺さると、そこから電撃が走り、一気に周りの魔獣を殲滅する。投げた一本をそのままに、もう一本のペーパーナイフを取り出し、指揮棒のように振ると、数え切れないほどの火と風の矢が並んで出現した。

「おわっ⁉」

それを見たグラムが面白い声を上げるが、気にしない。

「行け」

放ちたいと思った方向へ、ナイフの先を向ける。すると、それが正確に魔獣を捉え、刺し貫いた。

「……」

見ていた冒険者達はあんぐりと口を開けて固まった。ここにいるのは、最低でもCランクの魔獣だ。それらを一撃で倒すなんてことは不可能に近い。それも、複数の魔法を同時に発動させれば、威力は分散される。そうなれば余計に一撃で倒すなんて無理だ。

しかし、コウヤの攻撃は全て一撃。急所の一点狙い。正確過ぎるのもあり得ない。放った魔法の行方なんて、一つならばまだ操作できるかもしれないが、複数となると不可能だ。だからこその驚愕。戦闘経験の豊富な冒険者ほど、そのすごさが分かる。

「コウヤ……」

「どうかしましたか？」

「いや……魔力切れとか大丈夫か？」

「平気ですよ。ん？」

かなり数を減らせたことで、余裕が出来たコウヤは、グラムを気にして振り返った時にパックンが目に入った。

「なんだ？　パックンがどうかしたか？」

「ええ。魔法の球が少なくなったみたいです」

ぴょんぴょんと飛び跳ねるパックンが、欲しい欲しいと訴えていた。

「補充が利くからって、ほんとに俺からの魔法は豪快に使うんだから」

パックンの中では、いつでもどこでも補充ができるものの価値は低い。コウヤは苦笑しながらも、少しだけ魔法の球をパックンの方へ放って、補充させておく。

それから約十分後。第二陣の殲滅が終わった。


安全地帯である隠し部屋に冒険者達が戻ってくる。一様に疲れた様子で、なんとか辿り着いたといった雰囲気だ。

「皆さんお疲れですね」

「いやいや、よく保《も》ったよ。半分寝ちゃってるじゃない」

辿り着いてすぐに気絶するように眠ってしまう者もあった。もう限界なのだろう。

「ここは安全なので、見張りも必要ありません。皆さんにはそのまま休んでもらいましょうか」

「そうだね。グラムちゃんはいける？」

「あ、はい……」

返事はするが、やはり疲れはあるのだろう。表情で分かった。グラムはここで二日、冒険者達を保護しながら耐えていたのだ。その疲れもあると見えた。

「グラムさんは、予定通りパックンと後方支援をお願いしますね」

「分かった。すまねぇ……」

「なんでですか？　グラムさんは今日まで無理してたんですから、寧ろ申し訳ないです。なので、速攻で終わらせますからね。今日は早く休みましょうっ」

「……そうだな……」

コウヤとタリスならば、本当に速攻で終わらせられそうだと、グラムは肩を落とす。

ここに残る冒険者達に、このまま休むように伝えながら、コウヤはふと人数が足りないことに気付いた。

「あれ？　あの三人がいませんね」

「三人って……ケルト達かっ」

グラムも今気付いたらしい。気にしている余裕がなかったのだろう。その時、部屋の入り口にケルトが姿を現した。そんな彼にグラムが駆け寄っていく。

「ケルトっ、二人はどうした」

「っ、ここを出るって……途中で上に……」

他の冒険者達が戦っている間に、脱出を試みたらしいのだ。ケルトは気まずそうに下を向いていた。それが聞こえたコウヤは、二人に歩み寄る。

「それは少しまずいですね……」

「え……」

ここでケルトが弾かれたようにコウヤへ目を向けた。

顔を上げて、コウヤを不安げに見るケルト。同時にグラムもこちらを向いたのを確認して、コウヤは理由を告げた。

「今は転移結晶が使えなくなっているんです。その力を全てこの迷宮の調整に使っているので」

本来のこの迷宮の管理者である精霊達も疲れ切っており、コウヤと再契約したダンゴの力に頼っている状態だ。

そのダンゴも今は深層の魔獣の制御に力を注いでいる状態なので、転移結晶にまで力を回せていなかった。現在は、ダンジョン内に新たに人が入ることもできなくしているし、中にいて無事だった冒険者達はここにいる。転移結晶が使えなくても問題のない状況だ。

「そもそも、使えたら先に皆さんを脱出させていますよ」

「た、確かに……ならあいつら」

コウヤだって疲れている者や、怪我人を治療して戦闘に無理にでも参加させる必要がなければしない。コウヤ自身の力を使えば転移もできるのだが、その力を見せるつもりはなかった。

二人の気配を探れば、上の階へは行けたようだ。しかし、それをそのまま口にするわけにはいかない。タリスでさえも、迷宮内の別の階層の気配など正確に察せられるものではないのだから。

「上の階で迷ってるんじゃないでしょうか。そのお二人の実力はどうですか？」

「個人のランクはDとCです。この迷宮では……」

ケルトが悔しそうに口にしたランクでは、この迷宮の、それも中層を進むなんて自殺行為としか言えない。彼らの現在のパーティでの主力はケルトだそうだ。ここまで来るのも、ほとんどの魔獣をやり過ごしながら駆け抜けてきたようなもので、運が良かっただけだった。

「無理ですね。適正ランクはBですから。よくここまで来られましたね」

「……仲間の一人が、前に別のパーティでここに入ってて、十階層まで転移結晶が使えたんだ」

「なるほど。ギルドから注意はしてますけど、これぱっかりは迷宮もどうにもできませんからねえ」

強いパーティに一時的にでも入れてもらい、一緒に迷宮へ入れば、以降もその時に攻略したポイントまでは、転移結晶が使えるようになる。転移結晶は、使用者の攻略経験のみを認証して作動するからだ。本人に実力が伴わなくても、こうして実力以上の階層への転移が可能になる。

これはギルド側から禁止はされていないが、身の丈に合わない場所へ行けるようになってしまうため、やるべきではないと警告されていた。

ランクの高い者達はその危険性を考え、決して不用意に低ランクの者を迷宮に同行させることはない。だが、少しランクが下がると金に目がくらみ、そういったことを容認してしまう者もいるのだ。これを聞いて、グラムもなぜ彼らが中層に来られたのか理解し、苛立ちを見せる。

「それだけはやるなって昔から言ってただろっ」

「俺だってっ、ここに来るって決まった時は、二階層くらいまでにしようって……けどベルティが、十階層まで一気に行けるからって……」

「お前っ、リーダーなら……っ」

グラムが最後まで言い切れないのは、自身が抜けたせいという負い目があるから。そんなグラムの後をコウヤが引き継いだ。

「リーダーになったなら、一度決めたことを簡単に変えたり、その場に流されたりしてはいけません。あなたは、グラムさんがリーダーの時、何を見ていたんですか？」

「っ、お、俺だって頑張って……っ」

「本当に頑張っている、努力している人は『頑張ってる』なんてこういう時には言わないものです」

「っ……」

ケルトを黙らせるため、コウヤは敢えてキツいことを言う。頭の中では、必死でこの後の段取りを考えていた。

「マスター、少し出てきます。あと十分で戦闘開始ですが、それまでには戻ってきますね」

この時間だけは動かせない。ダンゴも既に限界が近いのだ。無理に変更させる気もなかった。

「いいけど、無理しないでよ？　もし間に合わなくても、僕一人で突っ込むから慌てなくていいからね」

コウヤが何をしようとしているのか、タリスは理解したようだ。

「マスターの力は信用していますけど、流石に大変だと思うので、きっちり間に合わせます」

疲れは見せていないが、タリスが少し無理をし始めているのがコウヤには分かっていた。あの鎖鎌は、魔力も使うのだ。十全にあれを扱えるからこそ、消耗《しょうもう》も確実にある。見破られているとタリスも気付いたのだろう。口を尖らせて目を逸らした。

「僕も年を取ったなあ……うん。待ってるよ。その子は見ててあげる。グラムちゃんも行くんでしょ？」

「はいっ。すまん、コウヤ。足手まといにはならんつもりだから……」

グラムならばついて来るとコウヤにも分かっていた。しかし、時間も差し迫っているのだ。

「ついて来ても説得とか、話してる余裕ないですけど？」

「構わない。それに、ここに残るのもな……」

ここに残れば、ケルトのこともあり、気が重くなる。まだこれから気の抜けない戦いがあるのだ。モチベーションをこれ以上下げたくないのだろう。何より、タリスがグラムを連れて行くようにと目で訴えていた。ケルトへ少々お説教してくれるつもりらしい。ここは年長者に任せるべきだ。

「ならちゃちゃっと行って、たっと帰ってきましょう」

「ああ、頼む」

「はいっ」

タリスへ頷きかけ、部屋の外へ向かう。その途中でパックンを呼んだ。

「パックン、回収作業なんだけど、頼めるかな」

これにパックンは嬉しそうに跳ねながら近付いてきた。

《なんのかいしゅう？(*'ω'*)》
「人」
《なんにん？》
「二人」
コウヤはそのまま部屋の外に向かい歩きながら答えていく。パックンはその隣をぴょんぴょんと跳ねてついて来た。
《なにしたの？(￣^￣)》
「仲間を置いて逃げたんだ」
《それはダメだね》
「うん。何より、危険な作戦中の自分勝手な離脱は良くないよね」
《めいわくこういきんし！》
グラムはこのやり取りを見て苦笑いだ。
「今回以外にもちょっと色々問題がある人達みたいだから、町に帰るまでいいかな」
《まかせて(￣▽￣)》
「……？」
意味が分からずグラムは首を傾げた。しかし、詮索《せんさく》は後回しと、部屋を出るコウヤを慌てて追った。

その少し後、コウヤは後ろにグラムを乗せ、迷宮内をスクーターで爆走していた。

「お、おい、コウヤっ！」

「なんです？　舌噛まないでくださいね」

「うおっ⁉」

《いけいけー》

車輪走行ではなく、風魔法を利用した空中走行なので振動はない。そして、地面への摩擦《まさつ》抵抗がない分、相当なスピードが出る。馬や足の速い従魔よりも速い乗り物など、グラムには初体験だ。

「ジェットコースターよりは遅いんですけどね」

「じぇっと、なにっ⁉」

そうは言いながらも、コウヤは時に魔獣を避けるために壁や天井を走り、横になり逆さになりと暴走している。充分にジェットコースター並みのスリルがあった。

「ベルト付けといて正解だったなぁ」

「うぉぉぉっ‼」

呑気なコウヤに対し、グラムは叫び続けていた。

「あとは……」

「ぶつかる！　ぶつかるぅぅ‼」

目の前に魔獣が迫っていた。それをコウヤは正面に見つけ、ヘッドライトに仕込まれている砲撃用の魔法陣を起動させる。

「ホイッと」

手元にある発射ボタンを押せば、レーザー光線のようなものが発射され、一瞬で魔獣を消しとばした。

「うぇぇぇっ⁉」

《あたった？》

「うん。命中！」

《すご〜い！》

パックンはコウヤの腰の後ろにくっ付いているため、前が見えない。だが、コウヤからイメージは伝わってくるのだ。それで充分楽しいらしい。

「でもこれ、正面にしか打てないからなぁ」

「コウヤっ、コウヤっ、前っ、大群がっ」

「あ〜、罠にでもはまったのかな」

グラムの元仲間の二人は、安全な隠し部屋をここで探していたのだろう。そこで運悪く魔獣が大量発生する罠に引っかかったのだ。今は新たな魔獣は出ないはずだが、既に仕掛けられていた分の発生は止められない。間違いなく、この大群の前方に二人がいる。

「ど、どうすんだ。天井も低いしっ」

今までのように天井を走行したとしても頭が群れの中に突っ込んでしまう。

「う～ん……砲撃すると、前にいる二人に当たっちゃうだろうし……よしっ」

「ん？　な、なんか生えてぇぇぇっ!?」

「トランスフォ～ム！」

《かしゃかしゃっ!!》

そんなに派手に変形はしないのだが、ノリは大切だ。これでもテンションは上がる。変形メカは男の子の夢がいっぱい詰まっているのだから。

空中走行から車輪走行へ変更。しかし、車輪にはトゲトゲしたものが生えている。そして、スクーターの下部から更に横へと出てきたのがチェーンソーだ。まるで飛行機の羽のように横に伸び、両側に突き出して回転する。前方にも回転する刃が出ており、草刈りができそうだった。

そして、それらによってコウヤ達が汚れないように、元々付いている前と上部だけでなく、横と後ろもアクリル板のようなものが覆う。とはいえ、ここは迷宮内。魔獣達の遺骸は消えてしまうのだが、ここまでが一つの仕様なので仕方がない。

「後は」

《はた～♪(〃ω〃)》

「旗!?」

一番後ろに幟《のぼり》が上がる。思わずグラムが振り返って確かめた。

『暴走車注意！　飛石等にご注意ください』

「……」

幟に書かれた文字をしっかり読んでしまったグラムは再び前を向き、もしやと顔を青ざめさせる。

それを裏付けるように、コウヤが少し前のめりになっていた。

「おいおい……まさかっ……⁉」

「突っ込みます♪」

「うぉぉぉっ⁉」

《まっさつ♪ ψ(▽)ψ》

グラムは向き合っている状態の楽しそうなパックンの様子に引いた。まさに大量虐殺《ぎゃくさつ》だった。

「おいおいおいっ、これ、前にあいつらがいたらどうすんだっ」

「大丈夫です。人だけを感知する特殊な衝突回避センサーが付いてます。なので、急激な停車にご注意ください」

「へ？」

視界が開けてすぐに、スクーターは急ブレーキをかけた。車体が前に転がりそうになるが、堪えて止まる。

「はぁ……止まり方だけはやっぱり改良しないとダメかな」

《おもしろ～い！》

「あ、そう？　ならこのままでいっか」

「っ……」

グラムだけが放心していた。

そんな彼は放っておいて、コウヤはスクーターの変形を解いて降り、前方に転がる二人へと歩み寄る。

「あ～、酷い怪我だね。勝手な行動をするから」

血溜《ちだ》まりの中で震える男女――コダとベルティ。決してコウヤがぶつかったわけではない。

ベルティは右腕が噛みちぎられており、コダの方は右側の腰から下が酸《さん》をかけられたのか、焼け爛《ただ》れている。毒も混じっていそうだ。

「あ、あんた……っ。た、助けてよっ」

「痛いっ、痛いっ……だれかっ」

コダは意識が混濁《こんだく》しているのだろう。やって来たコウヤやグラムのことも認識していない様子だ。けれど、彼はベルティを逃がさないよう、彼女の服をちぎれそうになるほどきつく掴んでいた。恐らく、そうしていなければ、ベルティの方はコダを囮《おとり》にして逃げていただろう。

彼女はコダを忌々《いまいま》しそうにひと睨みしてから、コウヤに詰め寄った。

「なんとかできるんでしょっ。治してよっ、その箱っ。治療できるんでしょ！」

「箱って言わないでくれます？」

《なんかやなかんじ～(·_·)》

コウヤの腰から離れたパックンが、体をカタカタと揺らして不機嫌をあらわにする。

ここで、少し震える足を何とか動かしながらグラムが近付いてきた。

「ベルティ……」

「グラムっ！　ねぇ、助けてよっ。仲間でしょっ」

「っ……」

随分と図太《ずぶと》い人だ、とコウヤは冷静に観察する。なくなった腕の付け根からは、血が流れ続けている。涙でぐちゃぐちゃな顔で、それでも意識を失わずに何とか助かろうと訴えているのだ。根性はあると感心する。

「あなたはもうグラムさんの仲間じゃないでしょう？　とりあえず、あなた方への処罰は全て終わってからにします」

そう告げて、コウヤはベルティの傷口を、止血のために唐突に魔法で焼いた。彼女は出血は多いが、死ぬことはないだろう。一般的な治癒魔法ではなくした腕を戻すことはできないので、この場では止血以外どうすることもできない。

「ギャぁぁぁっ」

悲鳴を上げて気絶したベルティにコウヤは感慨を覚えることなく、次は、と冷静に男へ目を向ける。

「こっちは毒抜きと冷却だけはしておきましょうか」

「……」

グラムは苦しそうな表情でそれらを見ていた。コウヤが治癒魔法を使えることは分かっている。けれど、それを今使わないのは、何か意味があるのだろうと察し、グラムは何も言わない。勝手な行動をした彼らに怒ってもいるというのも分かっていた。死なないだけ良いだろう。

「これでとりあえずは大丈夫。パックンお願い」

《は～い (¯▽¯)》

「は？」

パックンは二人に近付くと、一瞬大きくなってそのまま大きく口を開けて二人を呑み込んでから、元の大きさに戻る。グラムは呆然とそれを見つめた。

「え……食われた？」

「いえ、パックンはちゃんと中のものを選別できますから、あのまま保管です。良くなることもありませんが、悪くなることもないです。ちょっと夢見が悪くなるらしいですけど、人体には特に影響ありませんよ」

パックンの中では、生き物は仮死状態となる。状態が維持されるのだ。ベルティに部位欠損用の薬を使わなかったのは、仮に使っても中で状態が止まってしまえば、どのみち治療されないからというのもあった。男の方もそうだ。解毒薬はすぐに効いても、傷を治すのには時間がかかる。

「養分にはしませんから安心してください」

《まずそうだしね(･▽･)》

「そ、そう……」

野生のミミックは、人でも魔獣でも構わず呑み込み、養分にする。それを知っているからこそ、グラムは衝撃を受けていたのだが、生きていると知って肩の力を抜いた。

食べない理由が『不味そう』というのが、なぜか心底納得でき安心したというのが、数日後、彼の口から語られた感想だった。


行きと同じようにスクーターでかっ飛ばしたコウヤは、戦闘開始の二分前に部屋の前に到着していた。

「間に合いましたね」

「コウヤはいつもこうやって迷宮を……？」

フラフラとしながら、グラムが降りて尋ねる。やはりこの速度は慣れないようだ。コウヤはそれに振り返りながら首を振った。

「いいえ。これで走ってたら、素材も薬草も取れないじゃないですか。今回みたいな急ぎの時にしか使いませんよ」

「いや、だが……武器だろ？」

あの大量虐殺を見て、グラムには目の前のデリバリースクーターが武器に見えているらしい。

「え？　ただの乗り物ですよ？」

「……」

ただの、というにはかなり無理があるとコウヤは気付かなかった。

スクーターを亜空間に収納していると、タリスが部屋から出てきた。

「コウヤちゃん、間に合ったね。それで、問題の二人は？」

キョロキョロとタリスが辺りを見回すも、ここにはコウヤとグラム、パックンしかいない。不思議に思うのも無理はなかった。

「パックンが保管してます」

「へぇ、人も入るの？」

「はい。安全でもあるので、町に戻るまで入れておきますね」

「うん。それがいいね」

「……」

人を収納してしまったという事実を聞いても、タリスは全くといっていいほど驚かなかった。更に、保護ではなく保管と言い切ったコウヤの言葉も気にしていない。これにより、グラムも大したことじゃないのかと少し心が軽くなったようだ。気にしたら負けだと気持ちを切り替えたともいう。

「残していた彼はどうでしたか？」

コウヤが彼と指しているのはケルトのことだ。これにタリスは笑みを深める。

「お話はちゃんと聞いてくれたよ。ただ、今回のことで、ギルドできっちりランク査定することになったから、戻ったら手続きお願いできるかな？」

「はい。捕まえた二人のこともありますので、帰ったらすぐに」

冒険者達にはランクがあるが、そのランクはただ単に実力だけで上がるものではない。違反をしたりすれば、ランクを下げることもある。

ランクによって報酬や受けられる依頼も変わる。だからこそ、降格処分は冒険者達にとっては避けたいものだった。ただ、捕らえた二人の方は、コウヤが集めた情報の中に犯罪行為もあった。よって、最も重い除名処分になる可能性が高いのだが、そのことは、今は口にするのを控えておく。怪我を全て治さなかったのは、万が一にも逃げられることがないように、とも考えてのことだった。

場の空気を切り替えるように、タリスが手を一つ打ち鳴らした。

「さあ、ここからが正念場《しょうねんば》だよ。僕もそろそろ眠いし、早く終わらせようじゃないの」

「はい！　外はもう暗くなっている頃ですからね。長引くとお夕飯が遅くなってしまいます」

時計がないので不便だが、コウヤの体内時計では六時を過ぎている。夕食は八時までには用意したい。

「あ、コウヤちゃん、もしかして作ってくれるの？」

「もちろんです。だって、お腹空いたでしょう？　他の方々もそのまま疲れて寝ちゃいましたし」

「うんうん。やったね。俄然ヤル気が出たよ。ご飯のために頑張っちゃうよ〜」

《ごはん、ごはん！(*´∀`)♪》

一気に元気になっていた。タリスもコウヤの作るケータリングを食べており、既にその料理の虜《とりこ》になっていたらしい。

「コウヤの料理……美味いって評判の？」

「あ、嬉しいですね。俺が勝手に用意しているだけなので、皆さんの味覚に合ってるかはちょっと不安だったんですけど」

以前は忙しくて、本当にたまにしか用意できなかったし、特にそういった感想を話している余裕もなかった。上にこれがバレたら取り上げられかねないと、他の職員達が口を噤《つぐ》んでいたということもある。けれど、たいてい昼までには全てなくなっていたので、不味くはなかったはずだ。

《いつもおいしいよっ！》

「味分かるんだな……」

《え？　わかるよ？(･▽･)》

「そうか……俺も腹減ってきた」

「はいっ。ならさっさと終わらせましょうっ」

コウヤは全く疲れを見せず、通路の先を見据える。そして、最後の殲滅戦が始まった。

◆◆◆

コウヤとタリスの戦いぶりは凄まじかった。これがもし迷宮の魔獣や魔物でなければ、足の踏み場もない状態で奥へと進むことになっただろう。勢いは衰えることなく進んでいく。

「コウヤちゃん、あとどれくらいか分かる？」

タリスが鎖鎌を操り、前方の通路の半分にひしめく魔獣をごっそりと一気に刈り取る。その残りの半分を相手にするのはコウヤだ。魔法であらかた間引き、武器としてそろそろ違和感がなくなったペーパーナイフで、向かってくるものをすれ違いざまに斬り捨てる。

「残り五十三です！　約三分の二の討伐が完了しました」

「いいねぇ。順調、順調。ならコウヤちゃん、先行して奥のボスやっちゃってくれる？　ここは僕が引き受けるよ」

「分かりました！」

タリスは、コウヤが一人でも充分にボスと戦えるだろうことを分かっていた。

自身の経験と状態から、自分には残念ながらボス戦をこなすところまでの体力が足りないと察している。足手まといになることも考慮し、コウヤに任せることにしたのだ。

タリスの提案を受け、コウヤは壁や天井をも足場にして奥へと駆け抜ける。本来ならば閉じているはずのボス部屋の扉から、今まさに出てきたケルベロスと対峙《たいじ》した。
《グルガァァァ!!》
「煩いですよ。寝てる人もいるんです。黙ってください」
コウヤは羽根ペンを三本、ケルベロスの三つの顔に向かって投げる。すると、その先から投網《とあみ》のような黒いものが現れて広がると、そのままそれぞれの口を縛り上げた。闇魔法の拘束術だ。
《っっッ!!》
コウヤは網を剥《は》がそうともがくケルベロスの足下を駆け抜け、後ろに回りながら左後ろ足を斬り捨て、ついでに尻尾を切り取った。
《ユンンンっ!!》
これによってバランスを崩したケルベロス。そして、コウヤはペーパーナイフを二本合わせ、魔力を流す。すると、それを元に魔力が形を作り、巨大な赤い刀のような長く細い剣となった。
「これでとどめ!」
高く跳躍し、体を捻りざま、後ろから縦にケルベロスへと振り下ろす。
《っっ〜……、……ッ》
悲鳴も上げることなく、ケルベロスは真っ二つになり、一瞬の後、パリンと薄いガラスか氷が弾けるようにその姿を消した。

「ふぅ、終わったぁ」

大きく息を吐き、落ちていた羽根ペンを回収する。そして、振り返ることもなく部屋を出た。

もしこの場にタリスかグラムがいたら『瞬殺……』とでも言って絶句しただろう。しかし、コウヤにとっては、ちょっと大きくて近所迷惑になるものを切っただけだ。迷宮の魔獣は後片付けをしなくていいので楽だとも思っている。

「さてと、あと残り十ちょっと……仕上げといきますか。ん？」

しかし、走り出したコウヤの目の前、上空に光の玉が現れて弾ける。そこからコロンと出てきたのはダンゴだった。

《あるじさまぁ～っ、でしゅっ》

「ダンゴっ」

ボスも倒して終わりが見えたことで、ダンゴはこの迷宮の制御を、本来の管理者である精霊達に託してこられたらしい。差し出した手の中に落ちてきたダンゴを胸に抱き込むと、そのままスリスリと嬉しそうにすり寄ってきた。

《やっとおわったでしゅっ》

「だね。お疲れ、ダンゴ。ちょっとお休み」

《あい……ねむいれしゅ……》

限界だったのだろう。ダンゴは丸くなってコウヤの手の中で眠ってしまった。

「おやすみ、ダンゴ」

ふわふわと温かいダンゴを胸ポケットに入れ、コウヤは未だ戦うタリス達の所へと合流すべく走り出した。

特筆事項⑨　町が変わり始めました。

全てを倒しきり、隠し部屋に戻ってきたコウヤは、立派な調理セットを用意して、猛然と夕食の準備を始めた。

「ん……なんかいい匂い……」

「腹……へった……」

「ゴハン……」

気絶するように眠っていた冒険者達は、匂いによって目を覚ましていく。しかし、咄嗟に状況が分からず、寝ぼけた状態で思考は停止しているようだ。

そんな冒険者達の目に飛び込んできたのは、群青色《ぐんじょういろ》のエプロンを着けて、長く随分と低いテーブルに料理を並べていくコウヤだった。

「あ、おはようございます！　温かいうちに出来たものから食べていってくださいねっ」

「コウヤちゃん、お酒はないの？」

「帰ってからにしてください。一応、野営中なんですから」

「ないとは言わないんだね～。けど、仕方ないね。帰ったらにするよ」

既に食事を始めていたタリスに言葉を返しながら、コウヤは着々と料理を完成させていく。

そんなコウヤをグラムが気遣う。

「コウヤ……お前も疲れただろ……もういいから座って食べろ」

グラムは、コウヤがパックン用に取り分けた料理を、とある事情で動けなくなったパックンへ届けてくれていた。

「ありがとうございます。もうスープが出来たら大丈夫なので、グラムさんも食べててください」

「だが……分かった。いただくぞ」

「はい、どうぞ！」

コウヤが一番疲れているはずなのに、それを全く感じさせない。グラムはそれが気になって仕方がないようだ。だが、コウヤが一度やり始めたことは、最後まできっちりやり通すと知っているため、説得は諦めて肩を落とす。

「グラムちゃん、こっちおいでよ」

「あ、はい。失礼します」

タリスは、他の冒険者達が座る場所とは別に、パックンが最初に用意してくれたテーブルについていた。あとでコウヤもここで食べられるよう、グラムを入れた三人分の料理が用意されている。

そんな中、タリスはもう食べ始めていた。

「美味しいよぉ？　ホント、コウヤちゃんには頭が下がるねぇ」

「ええ、まったくです」

ようやく冒険者達はのそのそと動き出し、地面に座って丁度いい高さのテーブルに近付いていく。

「うわっ、なんだ？　なんか柔らかい敷物が……」

「の、乗っていいのか？」

テーブルの周りには、三人がけくらいの長さの、柔らかい敷布団《しきぶとん》が並べて敷かれていた。

「あ、それ座布団《ざぶとん》代わりです。遠慮なくその上に座ってください。地面は冷たいでしょう？　汚してもすぐに綺麗にできますから、気にせずそのままどうぞ」

コウヤは急な患者を寝かせられるように、と敷布団を作って用意していた。食事は冷たい地面や床の上ではなく、暖かい所で座って食べて欲しい。だが、コウヤとしてはこれでもまだ少し不満だった。

「絨毯を用意できなくてすみません」

「いやいやっ、充分過ぎる！」

「野営なんてそのまま地面に座ってっから」

「地面に寝てても平気なんだからさぁ」

冒険者達は恐縮しきりだ。

「そうなんですか？　体はあまり冷やさないようにしてくださいね。さぁ、遠慮なくどんどん食べてください」

コウヤは冒険者をなんだと思っているのだろう、と皆が内心首を傾げる。

「コウヤちゃんって、野営したことないの？」

「しますよ？　なので、ああいったものを作ってあるんですけど」

「コウヤちゃんの野営って？　うん。その調理道具を見ただけで、なんか分かった気がするよ……」

突如として出現した調理セットは、タリスの見たことのない形状をしている。それは、コウヤの作った移動販売用のキッチンカーだった。コウヤの考える野営とは、キャンピングカー付きのキャンプ仕様なのだ。そして、冒険者達の言う野営とは、コウヤにとっては野宿という認識だった。

「何かおかしかったですか？　野宿じゃなくて野営なら、これですよね？」

「……ごめん、その違いが僕には分かんないよ」

もちろん、コウヤとて冒険者がここまで理想的な野営をいつもできるとは思っていない。だが、できるならこれが正しい『野営』だと思っているのだ。少しばかりコウヤの認識はズレていた。

その後、食事も終わり、片付けを済ませると、ほとんどの冒険者達はまた倒れこむようにして眠ってしまった。まだ体力が充分に戻っていないのだろう。朝まで遠慮なく眠ってもらうつもりだ。

タリスはコウヤが用意した緑茶をすすりながら、落ち着いた様子で向かい合うコウヤへ話しかけた。

「今回は本当に助かったよ。あのままだったらと思うとゾッとするね」

「いえ。気付いたのはたまたまです。それに、グラムさんがいなかったら、ここにいる人達もどうなっていたか」

今はもう眠ってしまったグラムへ目を向ける。この中で一番気を張っていたのだろう。今は安心して深い眠りの中にある。

「グラムちゃんね……そういえばあの子、君に怒られて落ち込んでたよ。随分甘い考えを持ってたけど、反省はしてるみたい」

タリスが視線で示すのは、壁に寄りかかるようにして小さくなって眠っているケルトだ。仲間がいないことで少し心細そうに見える。

「俺もまぁ、あの時は焦ってたんで一方的に黙らせちゃいましたけど、あれで反省できたなら大丈夫そうですね」

これ以上怒らなくても済みそうだとコウヤは笑みを浮かべた。その笑みを見てタリスはしみじみと呟く。

「コウヤちゃんって、甘いようで厳しいところもあるんだね。なんか神様って実感するよ」

「こんなだから、反発されちゃったんですけどね。失敗したなあ」

厳しくするのにも意味があるのだが、人は怒られたと思うと反発心が生まれる。反省するより先に、自分の正当性を探してしまうのだ。そして、それが多くの人々の賛同を得てしまうと、多数という力で向かってくることになる。

「いやいや、そんな軽く言うこと？」

タリスは、なんと声を掛ければいいのか分からないという微妙な表情で苦笑した。

「いいんですよ。それで、団結することが大事だって知ってもらえました。もちろん、良いことばかりではありません。戦いも起きますし、国が大きくなって問題も生まれてきます。けど、それも必要な経験だと思うので」

かつてを思い出し、自身が滅ぶことも、この世界のためには必要なことだったんだとコウヤは思ったのだ。

「……敵わないねえ……」

「ん？」

「いや、そろそろ寝ようか」

「あ、はい。俺は起きてますから、安心して眠ってください。マスターにはベッドを用意しますね」

「ベッド？」

コウヤは席を立つと、少し離れた所にテントを出現させる。テントといっても、キャンプ用ではなく、遊牧民《ゆうぼくみん》が張るような円形の立派な家だ。

「中にベッドがありますから、使ってください」

「う、うん……ありがとう」

「はいっ。お休みなさい」

「お休み……」

もう何が出てきても、驚くよりも呆れるようになったタリスだった。


コウヤは、全員が寝静まったのを確認して、一人テーブルの上に調薬の道具を用意し、製薬の作業をしていた。

現在いるこの隠し部屋は、洞窟の中のような場所だ。壁や天井に、その景観《けいかん》を損なわないような見た目の光る鉱石や水晶が見え、空間を淡く照らしてくれている。月の光よりも明るいので、細かい作業をするにも問題はなかった。迷宮内では朝、昼、夜が何となく分かるように、周りの光量が変わる。今は夜仕様ということだ。

コウヤは眠っている人達を起こさないよう、自身の周りに音を遮る魔法をかけていた。テーブルの上で淡く光っているのが、その魔法を発動させている道具だ。

範囲内の地面には、薄く青みがかった光の魔法陣が描かれている。ランタンのような形状のそれから発せられている光も青く、中にあるクリスタルに似た魔石がくるくるとゆっくり回転しているのが美しい。

コウヤは不意に天井を見上げた。光量が作業を始めた頃よりも少し落ちたように思えるので、だいたい深夜を過ぎた頃だろうと推測する。

「みんなが起きるのは、六時間後くらいかな……」

ふと、パックンのいる方へ目を向ける。

「ふふ……よく寝てる」

パックンは、キッチンカーの前に出した小さなテーブルの上にいた。パックンの片方の取っ手の部分には、細い紐が取り付けられている。それは上に伸びており、その先には拳より少し小さな丸い綿毛が浮いていた。見た目は毛糸で作ったポンポン。青みがかった灰色のそれが、風船のようにふわふわと浮いているのだ。

「可愛いなぁ」

その正体は精霊であるダンゴだ。

精霊はこうしてふわふわと飛び、移動する生き物だ。スキルにある飛翔はこれだった。しかし、ダンゴは特殊で、眠ると自然にこうして浮いてしまうのだ。寝相《ねぞう》みたいなものなのだろうか。

他の精霊達は、地面にコロコロと転がって眠る。一緒に眠ると暖かさを求めてか、すり寄ってくるので、朝起きた時の喜びは一日中幸せな気分を約束してくれるものだ。

それに対してダンゴは、こうして捕まえておかないと、朝起きた時、家の中でもどこにいるのか分からなくなる。『どこ行った!?』というヒヤリとした感覚で一気に覚醒するのだ。ダンゴはよく寝る子なので、起きて自分で帰ってくるには時間がかかるという問題もあった。

けれど、やっぱり丸まって浮いている様子は、見ているだけで幸せな気分になる。それを繋ぎ止めているのがパックンというのも微笑ましいところだ。疲れて眠ってしまったダンゴを起こさないよう、パックンは楽しみにしていた食事の時もその場から動かなかった。

そうして、しばらくその様子を見つめていると、不意に視線を感じた。

「ん？」

「っ……」

視線の主はケルトだった。目を向けると、気まずそうに目を逸らした。そんな彼がもう一度こちらを向いた時、手招きしてみた。

「っ……っ、……」

びくりと体を震わせた後、恐る恐るという感じで立ち上がり、近付いてきた。今回の件でコウヤの強さを知り、無視しようにも怖くてできなかったという彼の内心には気付かない。

ケルトが音を遮る範囲に入ったのを確認してから、コウヤは声を掛けた。

「座ってください。お茶もどうぞ」

「っ、あ、りがとう……」

温かいお茶を受け取ったケルトは、ゆっくりと慎重にコウヤの斜め前の席に腰を下ろす。そのましばらく沈黙が続いた。だが、薬の調合を続けるコウヤに、ケルトは迷いながらも告げた。

「あの……すまなかった。迷惑をかけて……」

彼はリーダーとして、大変な時に仲間を制御できなかったこと、魔獣との戦いにおいてほとんど役に立てなかったことなどを認め、謝罪したのだ。

「それを、グラムさんに言いましたか？」

「っ、いや……言っても困らせるだけだと思って……」

この様子を見れば、グラムにもう、自分勝手な意見を言わないだろうというのが伝わってきた。

「困りはするでしょうね。けどそれは、グラムさんにとっても、あなたにとっても必要な言葉です。きちんと口にするべきですよ」

「……分かった」

妙に素直だ。けれど、これが彼の本来の姿なのかもしれない。人は仲間が出来たり、集団の中にいたりすると個を見失いがちだ。一人ならばやらないことも、多数の中ではできてしまい、気が大きくなる。彼もそうだったのかもしれない。他の二人に引きずられるように、悪い方へと傾いていたのだろう。

「聞きましたよ。コウヤはグラムさんに、また一緒にと言ったそうですね」

「……っ」

目の端で、肩に力が入ったのが見て取れた。それは、反対されると思っているからだろう。また一緒にやれるのが当たり前だと思っているわけではないと分かり、コウヤは少しだけ頬を緩める。

「反対はしません」

「い、いいのか？」

「俺はギルド職員でしかありません。誰が誰とパーティを組んだとしても、認めないなんてことは言いませんよ」

『この人とはダメだ』なんてギルド職員は言ったりしない。『承知しました。登録いたします』と言って、ギルドカードを受け取り登録するのが仕事なのだから。しかし、コウヤは依頼に関する情報もそうだが、少しだけアドバイスをする。今回もそうだ。

「ですが……これはちょっとした世間話とでも思ってくださいね」

「え、はい……」

少々警戒している様子のケルトに微笑んだ。

「冒険者というのは、命を賭けなくてはならないお仕事が多いです。だからこそ、パーティであっても、ただ一人のリーダーや強者に頼るのではなく、全員が全員の命を預かっている」

「……」

ケルトは次第に背筋を伸ばし、真っ直ぐにコウヤを見つめるようになっていた。それを満足気に見て、コウヤは続ける。

「そうすることでお互いを支え合い、力を補い合って、個の力が正しく集まり、個人では倒せないようなランクの高い魔獣にも勝つことができるんです。パーティランクとは、そんな支え合う仲間という力を信じて判断されるものです」

「っ、そうか……だから俺達はちぐはぐで……」

ケルトは、今気付いたというような、はっとした表情を見せる。

「こんなんじゃ、一緒になんてお願いしても頷いてくれるわけがない……もっと俺も強くならないと」

何かを決意した強い光を宿す瞳が、そこにあった。タリスにも色々と言われたことで、こうしてコウヤの話もちゃんと聞く姿勢が整っていたのだろう。それはコウヤにとっても有難いことだ。

「無茶はダメですよ？　一つずつ、少しずつ、一歩ずつが大切です。焦ってはいけません。経験を積んで、まずは自分自身の力を見極めていってください」

力を過信したり、武器に頼ったりするのではなく、正しく自分を見つめていくことが重要だ。

「でも、強いのと戦わないと強くなれないだろ」

「それだと、確かに経験値は上がります。極限の状態に追い込まれれば、人は生きようとする生存本能で普段より集中力が上がりますからね。けど、それで死んだら終わりですよ？」

「それは……分かってるけど……」

この世界では、自身のステータスを容易に知ることができる。数値として結果が見えれば、人は達成感を抱き、目標を明確に立てられるだろう。強くなったことを実感しなくても、目で見て分かるのだから。だが、代わりにその数値で慢心する者も少なくない。

「たった一度の戦いで死線《しせん》を彷徨うよりも、確実に一つずつ積み上げて、何度でも倒せるようになる方が現実的です。何より、強くなりたいのはなぜですか？　何のために力を望むのか、それを履き違えてはいけません」

「何のため……？」

人は力を求め、強い者に憧れる。それはなぜなのか。力を持ったならどうしたいのか。ただ力が欲しいだけでは決してないはずだ。

「強くなって、生き延びて、その先を生きたいからではないでしょうか。未来を望んでいるのではありませんか？　特殊な嗜好《しこう》の方でなければ、その先の未来が安泰《あんたい》であるようにと願っているものです。無茶をして、先を閉ざしてしまっていいものでしょうか？」

「……」

生きて、『グラムに仲間として認められたい』と思うのならば、死を覚悟して強者に挑むのは愚かなことだ。

「ギルドがランク制度を採用しているのはそんな、先が見えなくなりがちな人達のためです。危険な依頼を受けるのも、日銭《ひぜに》を稼いで生きるためでしょう？」

「……っ」

もちろん、命の保証はできない。けれど、生存率を上げることはできる。どんなことにだって絶対はないけれど、限りなく絶対に近付ける手伝いはできる。

「ランク査定は、ギルドがあなた方の力を見直すというだけではありません」

「……」

こんな話をしたのは、ランクの降格があり得る仲間や彼に、きちんとそれを受け止めて、前を向いてもらいたいから。

「あなた方に、自身を今一度、一歩下がったところから見つめ直してもらうためです。その先を願うからこそ、やり直して欲しいんです」

「っ、俺達のため……」

降格処分を素直に受け止められる者はごくわずかだ。処分を受けた多くの冒険者達は、その後の生活が荒れる。『見捨てられた』『認めてもらえなかった』、そんな不満と不安が、全てを悪い方へと向けて墜《お》ちていくのだ。

「今、自身を省みることを知ったあなたたなら、できますよね」

「……うんっ、はい。ランク査定……お願いします」

そうして、ケルトは深々と頭を下げる。その表情が、かつてグラムが立ち直った時と重なり、コウヤは褒めるように満面の笑みを向けて頷いた。

数時間後、目覚めた冒険者達に、当たり前のようにコウヤは用意した朝食を食べさせ、落ち着いた頃に揃って迷宮を出た。迷宮の出入りを制限し始めたのが比較的遅い時間だったため、他に入ってきていた冒険者はいなかったらしく、ちょうど良かった。

夜は迷宮の魔獣達が積極的に襲っては来ないが、倒してもほとんど物がドロップしないのだ。薬草も成長を止めるので、午後から潜ろうとする者は少ない。

あれからケルトもよく眠れたらしく、今朝はすっきりとした顔をしている。

迷宮を出てから、コウヤは冒険者達をそれぞれの村へ送り届けようとしたのだが、装備もボロボロなので、ドロップした物の精算をするためにも、一度全員でユースールの町に行くことになった。

そうして今、恐ろしい速度で車が街道を進んでいた。

「っ、の、乗ってんのはなんともないけど……」

「おお……めちゃくちゃ速い……」

「……なあ、さっき盗賊っぽいのがいたような……」

「すげぇ、口開けて突っ立ってたな……」

「なんか、マジで昼までに着きそうじゃねぇ？」

現在、冒険者達が乗っているのは、コウヤが出したものだ。

キッチンカーも見せちゃったしと言って、コウヤが特別製だという荷台を連結したのだ。元々、この荷台とセットでキッチンカーを作った。

荷台の方にベッドやテーブルなどを用意すれば、立派にキャンピングカーっぽく使えると思ってのことだ。因みにトイレ、シャワー、バス付きだったりする。

「ふぅ～、いいお湯だったよ～」

それを堪能《たんのう》していたのは、コウヤのびっくり道具にはもう慣れたものというタリスだ。連結された通路の先にキッチンがあり、その前にある運転席までしっかり見える。タリスはキッチンの所にある長椅子に座り、運転するコウヤへ話しかけた。因みに右ハンドルだ。

「もしかして、僕がお風呂入ってる間にもう着く感じ？」

「はいっ。とっても順調ですよ」

コウヤの言葉に、一応冗談のつもりだったんだけどな、と内心びっくりなタリスだ。そこで、タリスはコウヤの隣にいるグラムの表情に気付いた。

「……」

「どうしたの、グラムちゃん、顔色悪いよ」

「いえ……さっきちょっと……」

「ん？」

何かを言い辛そうにするグラム。彼は助手席に座っているため、後ろに乗っていた冒険者達と違い、見てしまったものがあった。

「あ、やっぱりちょっとびっくりしましたか？」

「ヒヤリとしたぞ……盗賊で良かった……良かったのか？」

「なになに？　なにがあったの？」

好奇心が疼《うず》いたらしいタリスは、楽しそうに身を乗り出した。

「先ほど、道を封鎖しようとしていた盗賊さん達がいまして。とっても強そうな強面のおじさんが立ちはだかったので、そのまま撥《は》ね飛ばしました」

「……これで？」

「はいっ」

「……え？」

笑顔のコウヤに、タリスも一つ声を絞り出して絶句する。

「大丈夫ですよ？　ちゃんと安全対策は取ってありますから。当たった時の衝撃は全くないです。風の魔法で吹き飛ばすようにしてあるので」

接触する直前に風の膜が障害物を一瞬包み込み、そのまま二メートルくらいの高さまで吹き上げた後、放物線を描いて落ちるように設定されていた。

「ただ、落ちる所までは完全に保護しませんけどね」

「……それって、落下地点とか、落ち方は知りませんってこと？」

「はいっ。流石にそこまでは保証できません。けど、多少は接触した風魔法の力が残っているので、落下速度はゆったりとするんですよ。受け身を取る時間はありますから、あとは頑張ってくださいということで」

「なるほど……けど、コウヤちゃんは当たる人とか物も選べるよね？」

走る速度は確かに速いが、本来コウヤには広範囲の探知能力がある。何者であろうと、衝突を回避することは可能だ。

回避できるのにしなかったということは、当たっても問題ないと判断した相手だということに他ならない。タリスもそれをなんとなく察していた。

「もちろんですっ。安全装置に頼らない運転を心がけていますから」

立ちはだかったのは、盗賊達の頭《かしら》だったらしく、あっさりと飛ばされてしまった頭を見て、盗賊達はあんぐりと口を開けて固まることになった。状況が理解できなかったのだろう。

馬車でもなんでも、人間が急に立ちはだかれば、咄嗟に止めようとするか避ける。当たる方にも衝撃があるのだから、それを回避するのは当然の防衛行動だ。

それが分かっているから、盗賊達は立ちはだかる。だから、まさかそのまま当たってくるとは思わなかったのだろう。後ろに乗っている冒険者達が見たのは、そんな下《した》っ端《ぱ》達が呆然と佇む光景だったのだ。

「そう……信用しとくからね？」

「任せてください！」

タリスはもう見えなくなった気の毒な盗賊達へ思いを馳《は》せながら、背もたれに身を任せた。そこで、ふと目の端に映るのはパックンだ。そのパックンは、相変わらず風船のようなダンゴを紐で繋いでいた。

「ところでコウヤちゃん、このパックンちゃんに付いてる毛玉はなぁに？」

「精霊です。俺の眷、従魔のダンゴです」

「……眷属ね……うん……」

タリスは、小さな声で呟きながらダンゴのステータスを見る。

「……レベルが５００って……神様の眷属って怖いなあ。これを従えちゃうんだもんな……」

この呟きはコウヤにも届いてはいない。だから、コウヤは明るく呑気に話に補足していく。

「精霊ってそうやって浮いて色んな場所へ移動するんですけど、ダンゴは寝ると浮いちゃうんですよ。だから、パックンが錘《おもり》になってくれるんです」

「なるほど。僕も一度だけ綿毛みたいなのが飛んでるのを見たことがあるよ。それを見ると幸せになれるとか言われてるよね」

精霊達は途中で魔獣などに襲われないよう、かなり上の方を飛ぶ。小さいこともあり、肉眼ではほとんど見ることができないのだ。

「前に、精霊達がダンゴを羨ましがって、おんなじようにパックンに紐をいっぱい括り付けてくっ付いたことがあるんですけど」

ダンゴは最上位種になるので、リーダー的存在だ。その行動を、他の精霊達が真似してみたいと思ってしまうのは仕方がない。

「パックンがうっかり寝ちゃってて、そのまま飛んで行っちゃったことがあったんです。あれはホントにびっくりしました」

パックンは見た目より軽い。風船をたくさん付けた箱が飛んでいくように、パックンが飛んでいってしまったのを見た時の衝撃はすごかった。まだその時は、伸縮自在スキルをそれほど使えなかったため、パックン自身もどうすることもできずに焦った。

「飛んでくパックンちゃん……和むけど、それはびっくりだね。気を付けてよ？」

タリスはパックンへ心配そうに声を掛ける。今は眠っているわけではないので、ちゃんと蓋の部分に返事を表示させる。

《にどめはない！》

《はず（￢_￢）》

「目逸らしちゃってるじゃん！」

これだけ声を出していてもダンゴが起きる気配はない。なので、構わず会話を続ける。

《なにごとにもぜったいはない（￣－￣）》

「言ってることカッコいいけど、そこはダメだよ！　約束して！」

盛り上がってるなあと呑気に感じながら、コウヤはもうあと数分と迫ったユースールの町を目指す。そこで気付いた。

「あ、流石にこのまま行くとびっくりされるかな？」

「……手前で降ろしてくれ」

呆れた様子のグラムの言葉に頷き、チラリとその表情を横目で確認する。

「そうですね。それにしても、どうしたんです、グラムさん。なんか迷宮を出る前よりも疲れてますけど、そんなに振動ありました？」

「……振動はない。馬車より快適だ。けどな……」

「ん？」

前を見ながら、横目で再び確認したグラムの表情は真剣だった。そして、コウヤの方を向いて、頭を下げる勢いで切実に告げる。

「頼むから当分、コウヤは町の外に出るなっ。こんなんで爆走されたら、町のみんなの常識が砕け散るっ」

「そうですか？」

「そうだっ！」

「う〜ん。分かりました。緊急の時だけということで」

「そうしてくれ……」

グラムは町のみんなの心を守った。

しかし、コウヤはいつだってコウヤなのだ。

「そうだ。グラムさんに渡してた剣ですけど、そのまま貰ってくださいね。なんか完全に主人として認定されちゃってますし」

「はあ⁉　つったって、あれは聖剣だって……っ、か、返すぞっ」

「無理ですってぇ」

前を向いたまま、コウヤはニコニコと楽しそうに笑う。町が近付いてきているので、次第に速度を緩めていく。

グラムは腰に佩《は》いていた剣を鞘ごと外そうとしたのだが、そこで異変が起きた。

「うぉあ⁉」

「あ、やっぱりピリっときました？」

「き、きた！　なんだコレ！」

静電気よりも少しキツかったらしい。グラムが咄嗟に手を離して、痛みを振り払うように振るのを目の端で捉える。

「言ったじゃないですか。一応、それでも聖剣だって。普通に外す時は大丈夫ですけど、誰かに渡そうとしたり、置き去りにしようとすると、怒るんですよ。カワイイですよねっ」

「カワっ……いやいやっ、なんだよソレ！」

「え？　だから聖剣です。主人に尽くすカワイイ奴ですよっ」

「……」

グラムは固まった。それを見ていたタリスが近付いてきて肩を叩く。

「諦めなよ。僕も本物の聖剣ってのはそういうものだって聞いたことあるんだ。間違いなく本物って証拠だよ。よかったね。生涯のパートナーが見つかって」

「……生涯……」

そしてグラムは察した。一生この剣は手放せないのだと。

「ほら、魔剣よりはいいよ。アレは捨てると主人が眠ってる間に枕元に戻ってくるっていうから。僕ね、すっごい昔に剣が空飛んでくの見たことあるんだ。アレ、スゴイよ？」

それよりいいでしょと言われれば、グラムも諦めるしかなかった。


予定通り、町の手前で車を降りてコウヤ達は歩いて門までやって来た。パックンはダンゴを付けたまま、いつものようにコウヤの腰のベルトにくっ付いている。背中側に近い方に結ばれているので、ダンゴは触れたのがコウヤだと分かったのか擦り寄ってきており、少しこそばゆい。そうして、門を潜ろうと近づくと、門番である兵達がコウヤ達の姿を認めて指を差しながら騒ぎ出した。

「なんだろう？　あ、お兄さんだっ」

いつもお世話になっている門番の青年が駆け寄ってきた。今日は西門の担当ではないらしい。

「コウヤ！　無事だったか。心配したんだぞ」

「すみません」

「いや、コウヤが欠勤なんてあり得ないって冒険者達が騒いでてな」

「あ！　出勤時間！　すみません！　マスター、先に行きます！」

「えっ、ちょっ、コウヤちゃんっ？」

皆を置き去りにして、コウヤはギルドへ向けて走り出した。

残されたタリス達は呆然としてしまう。

「コウヤちゃん……休まないの？」

迷宮内での一泊は、安全な隠し部屋の中だったとはいえ、パーティメンバーだけではない場所で、安心して眠れるほど冒険者達は呑気ではない。いくら一緒に戦い、助け合った仲とはいえ、眠っている間に何が起きるか分からない。そんな風に警戒心が強いのが冒険者という生き物だ。自分の身は自分で守らなくてはならないのだから。

あのメンバーの中で、コウヤだけは誰もが信用できた。そのため、コウヤが見張りという名目で寝ずの番をしていたのだ。何より、唯一まだ余力があったというのが大きい。ということは一睡もしていないということだ。

冒険者達は、既に姿の見えなくなったコウヤに戦慄《せんりつ》を覚えていた。

「あれだけ戦って平気とか……」

「休みもしないで、その後の食事も作ってくれたし……」

「御者もしてくれてたんだぞ……」

「それでまた仕事……」

「神か……」

何気なく正解を導き出す冒険者達だった。

「……とりあえず、全員話聞かないといけないし、精算もあるでしょ？　ギルド行こっか」

「了解です」

タリスとグラムを先頭にして、冒険者達はギルドに向かって歩き出す。

「そういえば、あの子の仲間のこともあったねぇ。コウヤちゃんとパックンちゃん、忘れてないかな」

「……言うの忘れないようにします……」

グラムも、自分が今の今まで忘れていた事実に驚いていた。乗り物など、衝撃的なことがあり過ぎて他が気にならなかったということもある。だが、何より、コウヤが大丈夫と言ったことで、無意識のうちに終わったものとしていたのだ。それだけコウヤを信頼しているということだった。

ふと、後方を歩くケルトへと目を向ける。大人しくついて来ている様子に、違和感はない。これから降格処分を受けるかもしれないというのに、不満そうな様子もなかった。これは、コウヤが説得済みだなと、グラムは苦笑を浮かべる。

「はあ……コウヤには敵わないな……」

いつまで経っても頭が上がりそうにないと頭を掻いた。

それからグラム達は、屋台が出ていることに目を丸くしながらも、賑やかな通りを歩いてギルドに辿り着く。そこで一行が目にしたのは、いつもと変わらず、ハキハキとした様子で仕事をこなすコウヤの姿だった。

「あの人……人じゃねえ……」

誰が言ったか、皆の気持ちを代弁した一言だった。神だしと言いたい口を、タリスが無理やり閉じていることは、誰にも分からなかった。

◆◆◆

夕方。きっちりと仕事を終えたコウヤは、職員の一人から今朝預かったという手紙を開いて一人控え室で肩を落としていた。

《どうしたの？》

机の上、目の前にいるパックンが尋ねる。因みに、ダンゴはまだ寝ている。

「これ、ゲンさんから。薬が出来たんだって。飲む時は立ち会うって約束だったのに」

約束通り、ゲンは三日で部位欠損治療薬を完成させた。しかし、コウヤは迷宮に行っており、意《い》気揚々《きようよう》とやって来たゲンに会えなかったのだ。

《のんだの？》

「昼には領主邸で飲むって……ということは今頃……」

《いたがってるかも？》
「完成度を見てないから分かんないけど、全く痛くないってことはないだろうからね」
迷宮でドロップする薬類は、高品質なものしかなく、痛みを伴《ともな》う大きな怪我の治癒も『ムズムズする！』という状態が数分続くだけで治る。コウヤが作っても同じだ。
しかし、ゲンはコウヤの加護により、今回なんとか高難度の部位欠損薬を作れるようになった、いわば素人だ。品質によっては、半日から一日中、再生による痛みを感じるだろう。それが分かっていたからこそ、立ち会うつもりだったのだ。
《いまからいく？》
「そうだね……でもまずパックンの中にいる人達を預けないと」
《わすれてた（ﾟДﾟ）》
今現在、パックンの中には二人の生身の人が入っているのだ。コウヤも遅れてギルドに到着したグラムに言われて思い出した。
《どこにつれてくの？》
「俺の育ての親の所だよ」
《おや？》
不思議そうにしながらも、未だダンゴを繋げたままのパックンはすぐにコウヤの腰にくっ付く。
「ちょっと意固地になってる人を素直にさせるプロだから」

《ぷろ……》

立ち上がって部屋を出ると、そこへ職員の一人が駆けてきた。

「あ、コウヤさんっ。帰ってなかった。良かった。マスターが呼んでます」

「マスターが？」

タリスに呼び出され、コウヤはギルドマスターの執務室へと向かう。

前のマスターに呼び出される時は、無理難題を押し付けられる時。それを思い出し、コウヤは不思議な気分だった。

「マスター、コウヤです」

ドアをノックする。そのドアが、前よりも綺麗になっているような気がした。どうやら、気のせいではなく、しっかりと掃除がなされたらしい。

「入って～」

間延びするその言葉を聞いてドアを開ける。すると、その机の前に一人の老婆《ろうば》が立っていた。

「コウヤ坊《ぼう》、大きゅうなってまぁ」

「え？　ベニばあさま？」

そこにいたのは、今まさに会いに行こうと思っていたコウヤの育ての親の一人だった。

「どうしたの？」

俗世《ぞくせ》から離れて隠居生活を満喫《まんきつ》しているはずの彼女が町に出てくるのは稀《まれ》だ。自給自足の生活で事足りるため、相応の理由がなければこうして出てこない。

コウヤが町で一人で暮らしているのは、人と隔絶したそんな暮らしだけしか知らない子にしないための、彼女達による修業のようなもの。だから、コウヤから会いに行くことはあっても、彼女から来ることはこれまでなかったのだ。

「いや、なに。ここの膿《うみ》が出されたと聞いて、この機会に大掃除をと思ってねえ」

「掃除？」

首を傾げるコウヤに、ベニはにやりと笑ってみせた。

「この町が生まれ変わるための、最後の大掃除さね」

「んん？」

良い笑顔で告げられるが、益々意味が分からない。

だが、この時確実に、このユースールの町は大きく変わろうとしていた。

月が導く異世界道中
Tsukiga Michibiku Isekai Dochu
あずみ圭
Azumi Kei
1～15
8.5
シリーズ累計
170万部の
超人気作！
（電子含む）
TVアニメ化！
2021年7月放送開始！
TOKYO MX・MBS・BS日テレほか
CV 深澄 真：花江夏樹
巴：佐倉綾音　澪：鬼頭明里
監督：石平信司　アニメーション制作：C2C
異世界へと召喚された平凡な高校生、深澄真。彼は女神に「顔が不細工」と罵られ、問答無用で最果ての荒野に飛ばされてしまう。人の温もりを求めて彷徨う真だが、仲間になった美女達は、元竜と元蜘蛛!?とことん不運、されどチートな真の異世界珍道中が始まった！
最新16巻
6月下旬
発売予定！
月が導く異世界道中
あずみ圭
薄幸系男子の成り上がりファンタジー、開幕！
なんでだろう親の都合で異世界へ
読者賞受賞作！
●各定価：1320円（10%税込）
●illustration：マツモトミツアキ
コミックス
最新9巻
6月下旬発売予定！
月が導く異世界道中
1
あずみ圭
木野コトラ
29万部
不運、されどチート!!
漫画：木野コトラ
●各定価：748円（10%税込）●B6判

いずれ最強の錬金術師？
SOMEDAY WILL I BE THE GREATEST ALCHEMIST?
1~9
小狐丸
KOGITSUNEMARU
地味～な生産職志望の僕に付与されたのは、
聖剣から空飛ぶ船まで、
何でも造れる最強スキル
錬金術!!
コミックス
1～3巻
好評発売中!
1～9巻
好評発売中!
勇者召喚に巻き込まれ、異世界に転生した僕、タクミ。不憫な僕を哀れんで、女神様が特別なスキルをくれることになったので、地味な生産系スキルをお願いした。そして与えられたのは、錬金術という珍しいスキル。まだよくわからないけど、このスキル、すごい可能性を秘めていそう……!? 最強錬金術師を目指す僕の旅が、いま始まる!
◉各定価:1320円(10%税込)
◉Illustration:人米
◉各定価:748円(10%税込)
◉漫画:ささかまたろう　B6判

この作品に対する皆様のご意見・ご感想をお待ちしております。

おハガキ・お手紙は以下の宛先にお送りください。

【宛先】

〒150-6008 東京都渋谷区恵比寿 4-20-3 恵比寿ｶﾞｰﾃﾞﾝﾌﾟﾚｲｽﾀﾜｰ 8F
（株）アルファポリス　書籍感想係

メールフォームでのご意見・ご感想は右のＱＲコードから、
あるいは以下のワードで検索をかけてください。

アルファポリス　書籍の感想　検索

ご感想はこちらから

本書はWebサイト「アルファポリス」(https://www.alphapolis.co.jp/)に投稿されたものを、
改稿、加筆のうえ、書籍化したものです。

元邪神《もとじゃしん》って本当《ほんとう》ですか!?
～万能《ばんのう》ギルド職員《しょくいん》の業務《ぎょうむ》日誌《にっし》～

紫南（しなん）

2021年　5月　31日初版発行

編集－矢澤達也・宮田可南子
編集長－太田鉄平
発行者－梶本雄介
発行所－株式会社アルファポリス
〒150-6008 東京都渋谷区恵比寿4-20-3 恵比寿ｶﾞｰﾃﾞﾝﾌﾟﾚｲｽﾀﾜｰ8F
TEL 03-6277-1601（営業）　03-6277-1602（編集）
URL https://www.alphapolis.co.jp/
発売元－株式会社星雲社（共同出版社・流通責任出版社）
〒112-0005 東京都文京区水道1-3-30
TEL 03-3868-3275
装丁・本文イラスト－riritto
装丁デザイン－AFTERGLOW
印刷－図書印刷株式会社

価格はカバーに表示されてあります。

落丁乱丁の場合はアルファポリスまでご連絡ください。

送料は小社負担でお取り替えします。


ISBN978-4-434-28889-0　C0093